my LiTTLE PONY

小马宝莉 之

友谊就是魔法

穿越幻镜的思念

[美] 珍之宝 著

伍美珍儿童文学工作室 改编

浙江少年儿童出版社·杭州

紫悦

性别：女
种族：独角兽
　　　→天角兽

紫悦的可爱标志是一颗洋红色六角星被五颗白色的小六角星包围着的印记。她在宇宙公主的天才皇家独角兽魔法学院就读，被宇宙公主派到小马谷，学习关于友谊的知识。紫悦勤奋好学，喜欢阅读，会很多强力魔法，个性非常认真负责，基本上不相信书以外的其他知识。

碧琪

性别：女
种族：陆马

碧琪的可爱标志是三只气球。她喜欢蹦蹦跳跳地走路，喜欢开派对，喜欢吃甜品，喜欢唱歌，喜欢交朋友，也喜欢恶作剧。她拥有神奇的第六感，每次有坏事要发生，她身上的一些部位就会开始发抖。她的价值观和大家不太一样，经常做些看上去有些神经兮兮的事情。碧琪最大的梦想就是让她所有的朋友发自内心地笑。

云宝

性别：女
种族：飞马

云宝的可爱标志是一道彩虹闪电。她性格外向，勇敢、爱冒险，也爱和碧琪一起搞恶作剧。她具有所有飞马都会的技能——控制天气，而且很在行。云宝还很有飞行天赋，经常自创一些飞行特技，梦想就是加入闪电飞马队。她的必杀技是"彩虹音爆"。

柔柔的可爱标志是三只粉色的蝴蝶。她外表柔弱，声音细嫩，害羞又胆小，是很美丽迷人的小马。她很擅长管理小动物，可以与各种各样的小动物沟通，并且可以指挥他们一起行动。她最宠爱的是小兔子安吉尔。柔柔的"凝视大法"能让很危险的动物失去气势。

柔柔
性别：女
种族：飞马

和谐之元
仁慈

和谐之元
诚实

苹果嘉儿
性别：女
种族：陆马

苹果嘉儿的可爱标志是三个苹果。她家有自己的甜苹果园，她很喜欢苹果，会做各种苹果料理，也很擅长运动。性格直爽干脆，勇敢可靠，对什么都很负责，不过有时候稍微有点倔强。她兴奋的时候会挥动前蹄，大喊："耶——哈！"

珍奇的可爱标志为三颗菱形蓝宝石。她是一位流行设计师，非常向往坎特洛特城，希望自己能嫁给贵族成为上流名马，拥有自己的服饰店。珍奇有洁癖，无法忍受凌乱或肮脏的事物。她总是能引领潮流，每时每刻都希望自己成为焦点。

珍奇
性别：女
种族：独角兽

和谐之元
慷慨

目录

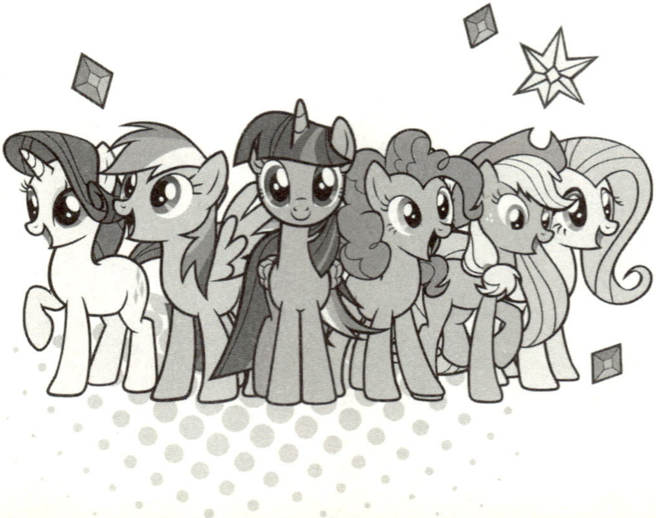

穿越幻镜的思念

⭐1 消失在镜中的宇宙公主

小马们，你们可知道这样一个秘密？世界上所有的事物，都不是独一无二的。

你们可曾想过，世界上，有另一个和你一模一样的角色，那另一个"你"，说不定哪天就要将你取而代之。

蓝紫色的夜幕轻轻笼罩着整个小马利亚——现在正是美丽的夜晚。

坎特洛特城的宫殿里，月亮公主在宫殿的走廊上悠闲地散步。整个走廊被银色的月光温柔地照亮，月亮公主优雅的身影也被斜斜地投在地毯上。她抬起头，一边迈动步伐，一边欣赏着天边弯弯的月牙。

"月亮真美啊……"她喃喃地念道，"只要不被放逐到月亮上，它就是美好的存在，呵呵……"

走过一个空荡荡的房间、两个空荡荡的房间、三个……等等，第三个房间并不是空的——里面有一个熟悉的身影，那是……她的姐姐，宇宙公主。

宇宙公主本该在夜间休息，此刻，她却默不作声地站在一面镜子前。奇怪，她在做什么呢？

片刻，只见宇宙公主纵身一跃，跳进了那面镜子里！

"姐姐！"

宇宙公主竟然就这样消失在一面镜子中！月亮公主吓得径直冲到镜子前，可是，那面镶嵌着宝石、雕着古怪花纹的镜子中，哪里还有宇宙公主的身影！

"姐姐，快从镜子里出来！"月亮公主着急地喊道。

此时，那魔镜被一阵魔法光波环绕，轻轻地跃到了空中，仿佛是打了一个饱嗝儿。当它再次落到地面时，已没有丝毫动静，镜中只剩下月亮公主的影像。

"哦，天哪……"月亮公主感到不妙，"这下糟糕了！"

一周后。

紫悦一行小马来到了皇宫里，沿着长桌对坐成两排——她们都是听从月亮公主的紧急召唤而来的。

窗外是宁静而美丽的月色，月亮公主忧心忡忡地出现了。

"本公主把你们六个叫来是因为……"月亮公主刚开口，就被穗龙打断了。

"是七个！"他知道，公主又把他这条小龙给忘了。

"好吧，七个。"月亮公主纠正了说法，"本公主把你们七个召到这里，是因为有一件事让本公主非常不安，这件事事关重大。"

紫悦还从来没有见过月亮公主这么不安过呢，她担心地问："月亮公主，发生了什么事？请你直说吧。"

月亮公主深吸了一口气，指着旁边的魔镜，说："一周前，我姐姐穿过了这面镜子，到现在还没回来。"

"一周前？"紫悦惊呆了，"已经一周了？小马利亚上上下下都没发现宇宙公主失踪了！你是怎么做到封锁消息的？"

这下，月亮公主哭丧着脸说："我已经尽力了！"

原来，整整一周，每天她都要卖力地升起太阳，把自己漂亮的暗蓝色皮肤涂白，戴上假发，伪装成宇宙公主的样子，

到了晚上，再卸妆，恢复成本来的模样。就这样辛辛苦苦地瞒过了一个星期。

小马们和穗龙一齐拥到魔镜前，紫悦认真地说："另一个世界的魔镜每个月只开启一段时间，也许宇宙公主是被关在那扇镜子后面了，必须等到下一个月亮周期的时候，她才能回来。"

月亮公主摇摇头，说："如果是那样的话，我当时应该能追着她进入魔镜的。但是不行，魔镜的通道在她身后关上了，我根本过不去。"

"传送门关上了，连你都没法子，那我们又怎么能帮上忙呢？"珍奇说。

"来吧，我们边走边说。"月亮公主转身，带着小马们离开摆放魔镜的大殿。

她们朝着宫殿的深处走去，穿过一重又一重长廊。

⭐2 寻找隐藏的图书馆

"很多年前，宇宙公主和她的魔法顾问——白胡子星璇都很看重那面镜子，但那时候的事情我记不清楚了，皇家图书馆似乎也遗漏了这段信息，"月亮公主将她知道的信息一一道来，"这些天，我读完了所有和白胡子星璇有关的书籍，但还是一无所获。我知道，宇宙公主和他曾经对那镜子进行过很长时间的研究，没准，白胡子星璇的图书馆里还藏有蛛丝马迹呢。"

"白胡子星璇还有图书馆？"紫悦一听，整匹马为之振奋！白胡子星璇可是

相当厉害的大师，他的图书馆……哇，用蹄子想也知道，里面一定收藏了各种珍贵的古籍！

苹果嘉儿万分不解："据我所知，白胡子星璇都是几百年前的小马了，为什么现在这里还会有他的图书馆？而且连紫悦都不知道！"

"过了那么久，可能早就被改成活动室了！"碧琪憋着笑，她仿佛能看到在古老图书馆里举办的大派对！

"白胡子星璇的图书馆本来就没有建在城堡里，"月亮公主说，"它建在坎特洛特城的地下，通往那里面的地道十分复杂，是白胡子星璇亲自设计的，他相信，平庸之辈根本无法进入。"

"而你进去了？"紫悦急切地问，"那图书馆长什么样呢？"

"我……还没有进去。"月亮公主遗憾地说，"看来我

就是那种'平庸之辈'。"

"我也是！"碧琪很开心她们有共同点，"珍奇也老是那么说我！"

"那是昵称啦，昵称……"珍奇不好意思地解释。

就在说话的工夫，她们已经走下一段幽暗的阶梯，来到了地下。穿过一扇又一扇门，终于——眼前的世界豁然开朗，在庞大的山洞尽头，耸立着一扇无比巨大的门，门上雕着打着旋儿的花纹，正中间嵌着巨大的金色星星，显得庄重又神圣。

珍奇歪了歪头，已经猜到了他们要干什么："世界上有那么多种冒险，为什么我们不能去一去美丽的海岛？而偏偏是来这儿挖地洞？"

"拜托，珍奇，你的冒险精神哪儿去了？"苹果嘉儿扬着蹄子，给珍奇打气。

"我的冒险精神啊，去海岛度假了。"珍奇开着玩笑。

月亮公主将他们带到大门前："如果说这世上有哪一只小马能够参透这个迷宫的奥秘，紫悦，那一定是你！宇宙公主对你的评价很高，她常说你很像白胡子星璇年轻的时候……没准你能找到他的秘密。"

紫悦又惊讶又感动："宇宙公主居然把我和……和白胡子星璇相提并论？真是不敢相信！"

"嗯，姐姐是那么说的，"月亮公主用蹄子摸着下巴，"要我说的话，你其实比较像我姐姐年轻的时候，和白胡子星璇相像的是——她。"

月亮公主指向的是永远神经兮兮、找不着北的碧琪。

介绍完了来龙去脉，月亮公主对大家说："现在你们可以出发了，拜托你们，请务必找出有用的线索。我必须把姐姐找回来，她不在，小马利亚岌岌可危。"

"月亮公主，你不和我们一起去吗？"柔柔小声地问。

月亮公主摇了摇头："纸包不住火，宇宙公主不见的消息迟早会泄露出去，我要留在这里，代她处理皇宫的政务。"

云宝和苹果嘉儿这两只好奇的小马已经跑去开门了，紫悦吩咐穗龙："穗龙，你留在这里，陪着月亮公主，如果有什么事，你要记得给我们通风报信。"

穗龙失望地叹了口气："啊？你们又不带我去冒险……"

"才不是呢，可爱的小龙，"月亮公主温柔地把穗龙驮在背上，"在她们回来之

前，你就是我的小助手了，现在，你要帮我准备一杯棉花糖热可可。"

啊哈！能当月亮公主的小助手，穗龙可是巴不得呢！这下，他忙不迭地挥手对紫悦告别："拜拜拜拜！一路顺风，哈哈！"

"祝你们好运，我相信你们。"月亮公主微微一笑。

"我们不会让你失望的！"紫悦一边说，一边推开神秘的大门。

云宝看着缓缓开启的大门，赶快闭上眼睛祈祷："希望里面没有怪物什么的。"

珍奇和柔柔被云宝的话吓了一跳，苹果嘉儿立马瞪了云宝一眼："乌鸦嘴！不许乱说话！"

⭐3 尘封多年的历史

　　大门的背后，是一间废弃多年的地下大厅，也许是被小马们遗忘太久了，这里的陈年杂物落满了灰尘：看上去有几百年历史的红木箱子、早已褪色的画像、百年前样式的橱柜……

　　紫悦昂首挺胸地走在前面，自顾自地高兴："太棒了！来自公主的委托，白胡子星璇的图书馆！要不是宇宙公主失踪了，

这简直就是完美的一天嘛!"

"是啊是啊,"苹果嘉儿嘲讽地说,"宇宙公主还真是坏了你的好事啊!"

紫悦毫不在意苹果嘉儿的话,继续兴冲冲地往前走,没过多久,她们就看见了一块挂在墙上的木牌。

宝库

休息区↑

星图室 C

通道区←

雅典娜厅 B

后厨→

扫把储藏区↑

很显然,这是一块指示牌,把所有区域的方位标得清清楚楚。

　　紫悦看着指示牌，情绪依然很激动："我真不明白，月亮公主为什么找不到图书馆的入口？你看，这里标得很清楚嘛，我喜欢！"

　　她又深情地在地上踩来踩去，尽情地徜徉在这个地下世界："啊！白胡子星璇曾在这里漫步……我们就踩着他曾踩过的土地！"

　　"是啊，土地……"爱干净的珍奇嫌弃地看着脚底沾上的尘土，"他就不能铺个木地板吗？"

　　"你能想象，几百年前，这里是什么样子吗？"紫悦陶醉地说。

　　几百年前，这里发生了什么呢？

　　几百年前，白胡子星璇和宇宙公主漫步在图书馆中，他迫不及待地要跟宇宙公主分享一个好消息。

"宇宙公主,"白胡子星璇终于开口了,"太神奇了,最近我的魔法研究工作有了很大的突破!"

最近,白胡子星璇每天刻苦钻研的,是一面魔镜。此刻他说的好消息,一定和它有关。

"这面魔镜已经快要制作成功了!有了它,我们将在不同的平行世界间穿行!这是个秘密,我们决不能轻易泄露。怎么样,公主,想不想和我一同完成这个神奇的工程?"

听到白胡子星璇这么说,宇宙公主竟然露出了为难的神色:"恐怕暂时不行,最近,我妹妹对我越来越疏远了,再加上政务缠身,最近我可能都没办法帮助你了……不好意思,之后的研究,你还是得独自进行,我确实……没时间帮你。"

"我明白的,宇宙公主。"白胡子星璇整理了一下自己那绣满星星的斗篷，体谅地说，"最近你妹妹变得有些阴暗，你一直很担心，这是大家有目共睹的。我相信她会没事的，有你这么体贴的姐姐，不管她有什么心结，我相信最终都能解开。"

"哦，谢谢，白胡子星璇，太谢谢你了！"宇宙公主感动得落泪，"你不知道，这些话对我来说有多重要，我最近常常怀疑自己……我觉得我太不称职了，我连自己的妹妹的心情都照顾不到……"

"千万不要怀疑自己，宇宙公主，在我们的心里，你是非常好的统治者，你会为你的子民作出伟大的贡献。"白胡子星璇安慰完了宇宙公主，开始考虑魔镜的安全问题，"现在，我们得保守住穿梭于平行世界的秘密，用什么保护措施好呢？派魔法兽去看守魔镜的入口？"

"九头蛇怎么样?"宇宙公主擦干了眼泪,开始出谋划策。

"好主意!"白胡子星璇对这个回答相当满意,"我喜欢!"

⭐4 古老的手卷

就这样,连通不同平行世界的魔镜诞生了。当然,那时候,离紫悦她们出生还远着呢!她们的奶奶的奶奶,甚至也还不存在呢。

而现在,这个曾经辉煌的山洞里一片灰蒙蒙,堆满了已经几百年没有人动过的东西,一不小心还会看到白骨。面对这番景象,大概就只有碧琪才觉得有趣极了。

"我喜欢！这种阴森森的感觉，就好像从恐怖故事里走出来一样！"碧琪拉着苹果嘉儿，指着一堆杂物，"你说那后面会不会藏着尸体？"

苹果嘉儿吓得赶快缩回蹄子，"你就不能少说两句吗？"被碧琪这么一说，她可什么也不敢碰了。

她们继续向前走，前方，一架巨大的九头蛇白骨倒在瀑布下，九颗脑袋阴森森地看着小马们。

"快看！"苹果嘉儿说，"我们要是早来几百年，恐怕还真过不了这关！九头蛇可不是好惹的。"

"得了吧！"碧琪不以为然地说，"现在它早就寿终正寝了，没什么好怕的。"

"可怜的孩子……"只要是动物，柔柔都充满了同情，哪怕是九头蛇也一样。她充满怜爱地看了看那巨大的头骨，不舍地

扭头走了。

　　再往前走，紫悦又看到了一块指示牌，她把眼睛凑在上面，仔细地看："真奇怪，这是一张地宫的地图，可是这么多房间，就是没有'图书馆'。"

　　不过，她再仔细一看——啊哈，有一个路标上写着"雅典娜神殿"！这下，她心头的困惑顿时就烟消云散了！

　　"找到了！"紫悦兴奋地大叫。

　　"这不是雅典娜神殿吗？"云宝不理解，"我们找的明明是图书馆。"

　　"雅典娜神殿就是图书馆！"紫悦开心地解释，"雅典娜是什么女神？智慧女神！图书馆是什么地方？收藏智慧的地方！所以，雅典娜神殿，指代的就是图书馆！"

　　"哇，不愧是紫悦！"碧琪激动地跳过去，沉甸甸的大门缓缓地打开，小马们走进了门后不可思议的世界。

这里不只是图书馆，更像是个汇集知识与智慧的博物馆！层层累积多年的蜘蛛网下，是一排排厚重的书架、一堆堆神秘的瓶瓶罐罐、一卷卷古老的手稿、一副副年代久远的魔法工具，至于天文望远镜、已经黯然失色的雕像……就更不计其数了。

"天哪！看！那是白胡子星璇《天体球研究手册》的原稿！还有那个！应用魔法表！再看看那个！他戴过的帽子，还有铃铛！"紫悦的眼睛都看直了，别提多激动了。这个布满灰尘的房间对她来说，仿佛样样都是宝贝。

图书馆的墙上，挂着一幅宇宙公主年轻时的画像，画中的公主，还是个初长成的小姑娘呢，那么的年轻美丽，典雅高贵。

"哇，宇宙公主那时候看上去真年轻！"紫悦由衷地感叹。

这么一说，柔柔也忍不住说："真是很难想象宇宙公主年轻时是什么样儿，毕竟她已经活了几百年。"

"她也曾经是个年轻的公主啊！"紫悦突然感同身受起来，"也曾和我一样吧，有那么多的问题需要解决……这么一想，我的心里竟然宽慰了些。不知道那个时候，她都在想些什么？我好想知道啊……"

云宝则目不转睛地看着白胡子星璇的雕像，大声说："紫悦，你应该很想向这位大师看齐吧？他可是有史以来最强大的魔法师！"

"他还是宇宙公主的魔法顾问！"珍奇一边欣赏精美的雕像一边说。

紫悦走到白胡子星璇的雕像下面，抬头瞻仰着那张充满智慧的脸。"说实话，我一直以为，我这样努力学习，将来就可以和他一样，但是……"她欲言又止，"算了，现在不说这个，我们赶快把要找的东西找出来，月亮公主还等着我们帮忙呢！"

紫悦走到书架前，假装翻找着，来掩饰自己的心慌。不过，这一切都瞒不过珍奇的眼睛，她走过来揽住紫悦，眨了眨眼，说："紫悦宝宝，珍奇姐姐看你有心事哦。你说'算了'，咱们就真算啦？我们是你的朋友，我们随时听你倾诉，来吧，告诉我们，你刚才在想什么？"

"那好吧，"紫悦笑了，"这么说吧，你们小的时候，长大最想做什么？"

"当然是当个时尚家！"珍奇不假思索地说。

"果农！"苹果嘉儿扬了扬蹄子。

"闪电天马！"云宝嘹亮地喊道。

"专业蛋糕品尝家。"碧琪摸了摸肚皮。

"牙医。"柔柔说完，大家不禁都看了

过去，她的梦想和大家的好不一样啊！

紫悦叹了一口气，说："一直以来，我最想做的就是学习魔法，然后用我毕生所学，做些大事，就像白胡子星璇一样。他的一生中，取得了多少成就啊！"

紫悦走到宇宙公主的画像前，指着画里的宇宙公主，说："但现在，我开始怀疑自己到底是不是应该继续下去了！也许我应该以宇宙公主为目标……她责任重大，背负着守护整个国家的任务……为了拯救小马利亚，她甚至把自己的妹妹流放到月亮上，时间长达一千年之久！"

"你可以身兼二职啊，"云宝说得好像这事十分简单，"成为伟大的魔法师，同时也是肩负着国家责任的公主，多棒！"

碧琪皱起眉头："是挺棒的，可是那就更难了。"

话说回来，未来的道路怎么走，是由紫悦自己决定的，她现在需要的，是朋友的支持。想到这儿，柔柔温柔地上前抱住紫悦："没事的，紫悦，你会想明白的。"

"谢谢你，柔柔……"得到大家的安慰后，紫悦的心情舒畅了很多。

"各位，看这儿！"苹果嘉儿突然喊道，"我好像找到咱们要找的东西了！"

"哇！灰蒙蒙的古籍！"看到古书，紫悦的眼睛顿时像点亮的明灯一样，闪闪发光，"开始大搜索吧！"

5 魔法幻镜诞生

小马们围着桌子坐下，各自翻开一本

古老的书册，在里面快速搜寻起有关魔镜的线索。

"快看这个……"紫悦一边翻书，一边惊叹起来，"白胡子星璇把创造镜子的每一个细节都写下来了，每一次试验，每一次失败……他和宇宙公主一起探索的每一个世界……什么？"

紫悦大惊失色，因为她看到了一段几百年前的记载——

"大功告成！"白胡子星璇向宇宙公主介绍，"我用尽小马王国的所有魔法知识，造出了这个魔镜传送门！"

"你确定管用？"宇宙公主问道。

"当然！有些世界可以用魔法直接到达，其他的一些世界，则对穿越的时间有严格规定。目前我只研究出了通往一个世界的魔法。想想吧，穿过这面镜子，有那么多亟待我们挖掘的魔法和知识……"

宇宙公主吃了一惊："我们？我不能和你一起去呀，小马利亚还需要我的守护呢，我一刻也不能离开。"

"哦？莫非追求无尽的知识，对你而言不是一大乐事？"白胡子星璇说着，启动了魔镜，光滑的镜面闪着光，变成了魔法传送门，他已经准备好迈出穿越的前蹄。

"噢，追求知识当然快乐了，但是……"宇宙公主依然犹豫不决。

白胡子星璇已经踏进魔镜，回头对宇宙公主做出最后的动员："来吧，公主，精彩的冒险就在前方！"

宇宙公主踌躇着，抬起前蹄，鬼使神差地就搭上了白胡子星璇的马蹄，被拉入了奇妙的镜中世界。

"这边有什么？"宇宙公主充满期待地抬起头，却看见了……一只高大凶猛的——霸王龙！

霸王龙冲着他们一声大吼，宇宙公主和白胡子星璇吓得跌回了镜子里，回到原来的地方。

"哈哈，"白胡子星璇尴尬地说，"我刚才好像把咒语的第五个字念错了，看来发音只要出一丁点儿差错，连接的世界就大有不同啊。"他赶快把刚才的发现记录下来。

"你到底是在探索魔法，还是在追求冒险啊？"宇宙公主惊魂未定，"我们刚才差点儿被那只巨大的恐龙吃掉！"

"这不是还没被吃掉嘛……"白胡子星璇不好意思地说。

宇宙公主用魔法举起写着咒语的纸，微微一笑："再试一次。"

这次，她要亲自念咒语了。

就这样，白胡子星璇和宇宙公主的异世界大冒险持续了几十年，他们穿过镜子，到访各个奇妙的时空，穿过各种风格的衣服，吃过各种味道的食物，看过各种奇奇怪怪的东西……最后，再开开心心地从镜子里返回。

而和这面魔镜有关的书籍记载，也洋洋洒洒写到了四十多本。

但是，有一天，白胡子星璇在图书馆里忙得太晚了，就睡在了这里。半夜，他被一个声音惊醒，迷迷糊糊中，他发现魔镜在闪着光，从那里面踏出一双蹄子——是宇宙公主。

她居然趁他睡着，偷偷摸摸地前往某个世界去了。

白胡子星璇这才想起来，最近，每个星期，镜子都会开启通往同一个世界的大门。

看来，是宇宙公主背着他，反复前往某个世界。

而这次，偷偷摸摸回来的宇宙公主被逮了个正着。

"公主殿下！你到这个世界去过几次了？"白胡子星璇质问宇宙公主。

"也……没有几次。"宇宙公主敷衍地回答，企图逃脱质问。

然而白胡子星璇步步紧逼，根本不给宇宙公主开溜的机会："没有几次是几次？"

宇宙公主只好说实话："我……断断续续地……去了有一阵子……"

"什么？"白胡子星璇一听，不禁大怒，"你知道反复去同一个世界会有什么后果吗！这一点我早就跟你申明过！你答应过我不会冒险的！你为什么要这么做！"

宇宙公主无言以对，眼中流下了清澈的泪："还能是为什么呢……"

看着宇宙公主青春的脸庞，写满少女的忧伤，白胡子星璇瞬间明白了，他不禁开始自责，后悔自己当初就不该把宇宙公主带进魔镜。

"对不起，宇宙公主，"白胡子星璇摇头叹息，"我要结束这一切。"

"什么？"宇宙公主抬起泪湿的双眼，"什么叫'结束这一切'？你不能这么做，我……"

"你的行为，会给你的王国……还有他的王国带来危险，我不能纵容你，一切都结束了。"

白胡子星璇面对魔镜，果断念出咒语："王国来去不留影，穿梭左右皆有形，潮起潮落破碎日，门前门后关闭时！"

"不！我还没和他道别！"宇宙公主哭着喊道。

然而白胡子星璇没有理睬公主的哀求，坚定地念完了咒语。魔镜发出一道绚丽的光芒，接着，便永远地关闭了。

"这件事，我不想再听到你提起，"白胡子星璇背对着宇宙公主，"我对你非常失望，公主。"

震惊和难过占据了宇宙公主的头脑，在极度的伤心之下，她的感情变成了愤怒，她生气地一扭头，离开了白胡子星璇的图书馆。

"而我，也老了……"白胡子星璇悄悄地叹息。

⑥ 宇宙公主回归

记载到这里便结束了。

但是文中有两点尚未解释清楚——宇宙公主究竟痴迷于怎样的世界？而白胡子星璇说的"他的世界"，又是谁的世界？

不过，读完古籍的紫悦非常兴奋："他们花了好多年在各个世界之间旅行，拜访了许多厉害的魔法师！难怪他们的魔法那么厉害！"她不停地翻着书页，非常兴奋。

"可是，为什么宇宙公主从来没有说过这件事？"珍奇一边看笔记，一边说，"连月亮公主都不知道。"

"我也不懂……"紫悦猜测着，"这上面最后写道，白胡子星璇觉得自己太老了，已经无力独自研究下去了，所有研究从此戛然而止。"紫悦合上笔记，"不管怎么说，我们赶快把这些笔记带回去，给月亮公主看吧。"

"嘿，看我发现了什么！"碧琪的喊声

打断了她们的讨论。

碧琪和苹果嘉儿在书橱后面发现了一个密道，密道里有两根管子，一根写着"白胡子星璇"，一根写着"宇宙公主"，中间写着"通往皇宫的密道"。哦，看来，从前，宇宙公主和白胡子星璇顺着这两根管子滑下去，就能抄近道到达皇宫了。

碧琪已经迫不及待地和苹果嘉儿一起，跳到那两根管子上去了！

只听"哇"的一声，她们俩已经滑得没影了。只有碧琪兴奋的笑声，夹杂着苹果嘉儿的惨叫声从黑洞洞的密道里传来。

大家一个接一个地顺着杆子滑了下去——"哧溜！"她们落到了一张蹦床上。"嘣！"她们被弹到了一个篮筐里。"咚！"她们落到了一条曲里拐弯的大滑梯上。"唰！"

她们顺着滑梯一路滑行，最后——"砰！"大家撞破墙上的一幅油画，落在了……城堡的一个房间里。

就在这个房间里，月亮公主和穗龙正在玩游戏，穗龙大胜月亮公主，正高兴着呢，突然听见五声巨响，接着，五只小马惨叫着，一屁股跌到了地上。

只有云宝扇着翅膀，不慌不忙地从油画后飞了出来。

"月亮公主，我们找到了！"紫悦忍着头晕和屁股疼，马上站了起来，把她们在图书馆里找到的笔记呈给月亮公主。

"紫悦！"月亮公主被她们的奇特"出场"吓了一大跳，"找到什么了，快跟我说说。"

"那面镜子连接的是平行世界！许许多多的平行世界！是不是棒透了？"紫悦欢快地报告。

"这样啊……"月亮公主说，"可是，我们要怎么通过那面镜子，找到我姐姐呢？"

"这个嘛……"紫悦结结巴巴地回答，"我倒是还不知道……"

正在大家哑然之时，月亮公主身后的魔镜突然发出了耀眼的光，从镜子里钻出一个马影，云宝一眼就认了出来："宇宙公主！"

"什么？姐姐？"月亮公主回头一看，果然，宇宙公主正穿过魔镜，回到这个世界来呢！

"姐姐！"月亮公主一看到姐姐，这阵子的委屈和为难全都涌上心头，"你去哪里了？我可急死了，也不知道你到底会不会回来。我的小心脏快承受不了了！"

话还没说完，大家就发现有什么地方不对劲——宇宙公主遍体鳞伤，精疲力竭，翅膀上的羽毛断折了几

根，一条后腿也走不
了路了，美丽的头发
也失去了光彩。她一踏上
地面，就昏了过去。

　　"姐姐！"月亮公主抱住昏迷的宇
宙公主，吓得大喊，"姐姐！我是开玩笑的！我不怪你
了，求你快醒醒！"

　　而这时，大家看到魔镜中隐隐约约又现出了一个黑
影——一只长角、一头狂野的长鬃毛、一身盔甲……

　　紫悦她们都认得一清二楚，那是……森布拉大王！

1 穿越幻镜

经过宫廷御马医的悉心调养和一段时间的休息，宇宙公主的身体状况似乎好了一些，紫悦和朋友们得到允许去城堡里探病。

"姐姐，你怎么样了？紫悦她们来看你了。"月亮公主推开门，御马医正在给宇宙公主开药。宇宙公主身上打满绷带，看上去有点憔悴，但精神总算是好了一些。

"天哪，公主，你瘦了不少，而且鬃毛也乱了……"珍奇最受不了宇宙公主那一头绝美的秀发遭到破坏了。

瞧着宇宙公主这脆弱的病容，紫悦忍不住一口一句："宇宙公主，有什么我能帮忙的吗？你要喝茶吗？你需要毛巾吗？"

"你要吃蛋糕吗？我带蛋糕来了哦！"碧琪像以往一样，不知道从哪里端出一个粉红色的大蛋糕来，上面写着"祝贺你没有被大卸八块"。

呵呵，这句祝贺词听上去怪怪的。

"谢谢小马们，"宇宙公主忍不住扑哧一笑，"我很好。碧琪，你的蛋糕很有特色。"

"很好？"月亮公主一听，可不乐意了，"你差点就回不来了！你到哪里去了？发生了什么事？"

宇宙公主波澜不惊地慢慢道来："我去了另一个世界，在那里，我遭到了攻击……"

"我们在镜子里看到了森布拉大王！"柔柔赶紧说，

"是他攻击你吗?"

"不，当然不是!"宇宙公主赶紧澄清,"他绝对不会……"

"他绝对会攻击你,他是个坏蛋!"云宝大声说。

"他不是,"宇宙公主向她们解释,"在那个世界,他不是坏蛋。"

"那个世界?"紫悦更是一头雾水了,"宇宙公主,麻烦你明明白白、清清楚楚地把一切告诉我们吧。"

"这面魔镜,我想你们已经了解了。"宇宙公主站到魔镜前,"它能把你带去许多个不同的世界,我之前去的,就是另一个世界,那个世界和我们的世界很像,但又完全不同。森布拉大王是那里的统治者,在我们的世界,他是个恶魔,然而在那里,他是个好人,一个称职的国王。最近，我们的世界和他们的世界之间的联系越来越紧密了，他与邪恶势力的斗争开始影响我们的这个世界，甚至开始影响到我。"

"那我就到那个世界去，把敌人打倒！"月亮公主激动地说，"正好释放一下我这几个月来积累的压力！"

"不行！"宇宙公主不由分说地阻止了月亮公主，"你和我都不能插手此事。"

"为什么？"月亮公主不满地说，"我要去！这么惊心动魄的冒险，我当然要去！"

宇宙公主缓缓站起，走到紫悦面前，说："紫悦，我需要你和你的朋友们把和谐之元带去镜子的另一边，这可能是拯救那个国度的唯一方法。"

紫悦抬起头，深吸了一口气，问："那我们应该怎么做呢？"

"你们要把和谐之元带给森布拉大王，并帮助他封印邪恶力量，敌人的力量十分强大，但是并不是不可战胜，我相信你们六个……"

"是七个！"穗龙高举双爪，强调自己的存在。

"好吧，七个，"宇宙公主改口，"我相信你们七个可以完成这个任务。"

"等等，姐姐，"月亮公主还是不服气，"为什么我们不能自己解决这件事？我们的力量不是更强大吗？"

"妹妹，我们就是那个国度最大的问题，我们就是那里的……邪恶势力，"宇宙公主用深沉的嗓音说道，"所以，这个世界的我们不能参与其中。"

竟然是这样！

原来，在那个世界，正邪势力完全相反。圣洁的宇宙公主和月亮公主成了魔

头，而大坏蛋森布拉大王竟然是正义的国王。

"哈哈哈！宇宙公主你可以不去，可是月亮公主可以去呀！"云宝不以为然地说，"毕竟在我们的世界，她也当了很久的邪恶势力呢。"

"你胆敢再说一遍？"月亮公主瞪了云宝一眼，云宝吓得马上闭上嘴巴，一声都不吭了。

月亮公主转过头，对着自己的姐姐怒气冲冲地说："如果要我面对另一个世界的自己和邪恶的你，我也绝对不会手软的！事实上，我对邪恶的你还挺感兴趣的，我很愿意认识她。"

宇宙公主严肃地说："我说了，不行。这两个世界的联系越来越紧密了，我之前就担心，如果我太过频繁地往返，可能会让时空联系更加紧密，所以，你最好也待在这边。"

"难道我们在两个世界间穿梭，就没有影响吗？"珍奇问。

"应该不会，"宇宙公主回答，"我仔细考虑过了，那边的世界里并不存在和谐之元，所以你们应该可以过去，而且在不影响时空的前提下帮助他。"

就在大家说话的时候，紫悦一直在为难地思索着，现在终于忍不住说了出来："可是，宇宙公主，听你的意思，是要我们消灭另一个世界的你呀！这太难了，就算是邪恶的你，那……那也是你呀，我觉得我下不了手。"

宇宙公主揽住紫悦的肩膀，温柔地说："亲爱的紫悦，这怎么会是伤害我呢，这是在帮助我呀。"

柔柔可高兴不起来："帮助？伤害？又有什么两样？那个世界的宇宙公主必须被消灭。我明白紫悦的意思，这听上去……

有点残忍。"

"小马们，没有时间闲聊了，"宇宙公主说，"我们必须抓紧时间。现在，请告诉我，你们愿意接受这次的任务吗？"

"当然，"紫悦斩钉截铁地说，"穗龙，请你去把和谐之元拿来。"

"好的！"穗龙一溜小跑离开了。

那么其他的小马们呢？

"我参加。"苹果嘉儿抱着胳膊。

"我也参加，"云宝说，"我还想看看另一个世界里的自己是啥样的呢。"

珍奇摸着头发："这就是说，我们要遇见另一个世界里的自己了？听上去有点无聊。"

"不会无聊的！"柔柔以为珍奇想打退堂鼓，赶快说。

碧琪就更不用说了，她兴高采烈地嚷嚷："打败邪恶公主！拯救两个世界！这么有意思的冒险，谁会不想参加？"

"和谐之元驾到！走吧，各位，让我们去拯救世界！"云宝拉长了声音，高喊着冲进来。

就这样，拯救世界小组正式成立了！

临行前，宇宙公主传给紫悦一张字条："紫悦，这面魔镜是通过魔法打开的。只要念诵纸上的咒语，你随时都能回来，一定要牢记咒语，不要忘了。"

"放心吧！"紫悦说，"我编了一个口诀，牢牢记住了！"

该出发了，小马们依次穿过魔镜，宇宙公主在镜子前不停地叮嘱："如果你们遇到什么难事，就让穗龙送信回来。森布拉大王应该已经在那边等你们了。"

"一路顺风！"月亮公主冲她们鼓励地眨眨眼。

⭐8 截然相反的森布拉大王

小马们跌进传送通道里，就像掉进了洗衣机，她们在其中翻啊滚啊，那感觉就像晕车。

碧琪的声音像在跳舞，波动来又波动去："我快吐啦——嗷呜……"

珍奇则拼命护着自己的头发："谁帮我看看我的头发！我觉得我的发型都毁了！"

只有云宝和穗龙还在悠闲地聊天。"也许另一边的我们比较不一样，说不定那个世界的我是一只会魔法的独角兽呢！"云宝说。

"也可能是陆马。"穗龙立马泼了一盆凉水。

"那就没劲了!"云宝可接受不了自己不能飞啊。

不一会儿,他们到了隧道的另一边,"哐"的一声,大家东倒西歪地栽到了结实的地面上。

"好玩儿! 好玩儿!"碧琪早就两眼直冒金星了,不过她显然意犹未尽。

"哦,天哪!"柔柔看到了什么,眼睛都直了,大家顺着她的目光看过去……

"什么,这是……"紫悦也惊呆了,"这是坎特洛特城?"

眼前的坎特洛特城,一片衰败景象,阴影笼罩,野草疯长,毫无生机。

"如果我们的任务失败了,我们的小马利亚也会变成这样吗?"珍奇吓坏了。

　　"千万别，"苹果嘉儿大大咧咧地说，"我可不希望我
们的世界变成这样。"

　　惊魂未定的小马们，此时又听到了一个声音。

　　"喂！你们几个！"原来是坎特洛特城的卫兵，"在这
里干吗？"

　　"你们问得正是时候，我们是……"紫悦正要说出来
意，对面的卫兵低头看了一下手里的通缉令，就突然大
喊起来，"等等……他们是逃犯！逮捕他们！"

　　就这样，紫悦她们六只小马，再加上一条小龙，才

刚一落地，就被抓进了牢房里。

苹果嘉儿真是郁闷极了。"都是你，非得取笑他们戴的头盔，"她忍不住责备紫悦，"你就不能不提吗？"

"可是他们的头盔真的很好笑嘛。"

确实，那些卫兵的头盔，戴上之后，活像一个个发廊小弟，紫悦简直憋不住笑，珍奇就更不用说了。殊不知，几百年前，宇宙公主和白胡子星璇，也是因为同样的原因，被抓进了牢房，也就是在那时，他们遇见了这个世界的森布拉大王。

那个时候，宇宙公主想用魔法越狱，但被白胡子星璇阻止了，因为他们不是这个世界的小马，所做的每一件事，都有可能影响到这个世界，所以……

"当当——"紫悦可不担心影响这个世

界，她使出瞬移魔法，一瞬间就把伙伴们从铁窗后面解救出来了。

"出发喽！"碧琪一蹦一跳地走在前面，"说不定还能找到小蛋糕呢。这个世界的小蛋糕是啥味道的呢？甜的？苦的？耳屎味的？肥皂味的？"

大家一听，忍不住一起偷偷干呕起来。

这里的城堡结构和他们自己的世界很像，也有着美丽的彩绘玻璃窗。紫悦被这奇妙的平行世界深深地吸引了。

"会不会还有很多我们不知道的平行世界？每一个平行世界里的我们是什么样子的呢？可能性无穷无尽！哪一个世界中的我才是真正的我呢？这真是一个很值得研究的课题！我可以尽毕生精力去完成这个研究！耶！好兴奋！"紫悦又找到了新目标。

"也就是说，可能会有一个世界，房屋全部都是甜点做的！连我们也是甜点做的！"碧琪展开了想象的翅膀，"我要当小蛋糕！"

"你们走慢点啊！"穗龙扛着一袋子和谐之元，快要跟不上她们了，"我可是在负重走路啊！"

他们绕过几个房间，穿过几条长廊，来到了城堡大厅。

"咚咚。"紫悦胆战心惊地轻轻敲了两下门。"吱呀——"门直接开了。大家挤在窄窄的门缝边，偷偷往大厅里看。

这一看，可把大家惊讶得合不拢嘴了！

"这个世界的森布拉大王……好帅啊！"珍奇激动地说。

可不是嘛！在他们的世界里，森布拉大王是一位统治着水晶帝国的暴君！他的鬃毛永远像暴怒般张开，头顶的角永远闪着危险的红光，那双眼睛永远透出凶狠的绿色。

可是眼前的这位森布拉大王，鬃毛发着深邃又温柔的蓝光，眼睛大大的，看起来一点也不可怕，他穿着的也不是冷冰冰的盔甲，而是柔软的斗篷。总而言之，他帅气又和善，和大家印象中的那个森布拉大王截然相反！

⑨ 邪恶的公主姐妹出现

"我已经等你们好久了，"森布拉大王说，"宇宙公主说过，她会派你们来帮忙。"

"等我们好久？拜托！"云宝还是气鼓鼓的，"我们刚到这里，就被你的守卫抓起来了！"

"这就奇怪了，我给他们每人发了一张传单，上面印着你们的照片，这样他们就可以对着照片找你们了。"森布拉大王说。

可是守卫却误认为那是通缉令。要不是这个森布拉大王这么帅，小马们才不会让这事就这么算了。

"跟我来吧，"森布拉大王说，"事不宜迟。"

"好的，国王……陛下？"苹果嘉儿都不知道要怎么称呼他了。

"叫我森布拉就好。"森布拉大王谦逊地说，"你们来得正是时候，我现在已经焦头烂额了。宇宙公主向我们保证你们六个……"

"是七个！"穗龙不服气地喊道。

"好吧，宇宙公主说，你们七个是她最可靠的后盾，"森布拉大王说，"你们使用和谐之元保卫小马利亚的英勇事迹，我可没少听说，宇宙公主常常提到你们，她为你们感到骄傲。尤其是你，紫悦，你真应该看看她每次提到你的时候，那种眉飞色舞的表情。"

"真……真的?"紫悦真是太激动了。

"我们也为我们的小紫悦公主感到骄傲!"碧琪一把抱住紫悦，把紫悦的脸揉得跟面团一样。

"你一定是碧琪吧。"森布拉大王猜出来了。这么神经兮兮的小马，也只有她了。

森布拉大王刚要继续往下说，突然，天空中传来拍动翅膀的声音，他们所在的露台也被巨大的两块阴影所覆盖。

小马们抬头一看，都吓得大

喊："天哪！"

柔柔一把抱住了云宝。

天空中，是宇宙公主和月亮公主，但不论是她们的外形还是气质，都透露着邪恶——她们脚踩铁护蹄，头戴邪恶的尖角头饰，眼角上扬，眸子里闪着危险的光芒。邪恶宇宙公主的尾巴上更是套了尖锐的利器，被那条尾巴扫到，一定会大事不妙。

邪恶月亮公主用恶毒的语气居高临下地说："哎哟，森布拉，这些新来的小朋友是谁啊？"

邪恶宇宙公主则发出一串不友善的笑声："你的女朋友去哪里了？上次我还没和她玩够呢。"

森布拉大王怒骂道："你们两个又来干什么？想挑衅吗？"

"挑衅？不不不，我只是来问个好。"

邪恶宇宙公主降落到露台上，"你考虑好了吗？接不接受我的条件？"

"休想！"森布拉大王决不妥协。

邪恶宇宙公主一眼看见了紫悦，马上开启了嘲笑模式："快看啊，又一个天角兽公主！森布拉，你又是从哪里找来这么个小朋友啊？妹妹，你说说，她是不是特别可爱？"

邪恶月亮公主假模假式地摸着紫悦的头："哟，瞧这小短角，能施出什么魔法呢？变个糖果给自己吃吗？哈哈哈哈！"

紫悦憋着气，使出魔法，把邪恶月亮公主的蹄子弹开。

"穗龙，拿出和谐之元，我们准备上！"紫悦大喊一声，就冲了上去。小马们在她的号召下，也纷纷加入了战斗，一时间，小马、小龙、邪恶公主，战成一团。

"等等！先别忙着打啊！"森布拉大王着急了，"糟糕了……"

眼看场面即将失去控制，穗龙捂着肚子，从口中喷出一封信，信来自月亮公主和宇宙公主。

"大家快停下！"穗龙举着信大喊，"紫悦，你要先看看这封信！"

原来，就在紫悦她们对邪恶宇宙公主展开攻击的同时，那个世界的宇宙公主突然感到一阵剧痛！

"姐姐，你没事吧？"月亮公主关心地说。

"是紫悦她们……时空融合，她们的攻击伤害不了邪恶的我们，而是反馈到我的身上……我担心的就是这个……"宇宙公主忍着疼说。

"卫兵！拿纸笔来！我要给那只胖乎乎的小龙写信！"月亮公主刚说完，自己脸上

也挨了一拳。

这封急信终于到了紫悦手里，混战停下了。

"什么，不打了？那我可就闲逛去了。"邪恶宇宙公主打了个哈欠，"森布拉，你再好好想想，你总有一天会接受我的条件的。"

邪恶的姐妹飞走了，紫悦读着信，说："也就是说，如果我们攻击邪恶宇宙公主和邪恶月亮公主，我们那个世界的两位公主也会受到伤害！"

"哦，不……"云宝的头都大了，这架还怎么打呀！

"天哪，也就是说……我们刚才……一直是在打……哎呀……"柔柔简直不能想象，在刚才的战斗里，宇宙公主和月亮公主受到了多少伤害。

"信里还有其他内容吗？"森布拉大王着急地说，"啊，我想知道，我亲爱的宝贝宇宙公主到底怎么样了!"

"你……"

"亲爱的?"

"宝贝?"

"宇宙公主?"

这下,小马们是真傻眼了。

莫非……宇宙公主和这个世界的森布拉大王,已经

坠入了爱河?

⭐10 完全相反的奇异世界

此时,邪恶宇宙公主和邪恶月亮公主
回到了她们的黑暗城堡里。坐在自己的宝

座上，邪恶宇宙公主托着腮帮子，细细思索起来。

"森布拉的这群新小伙伴是什么来头？我很好奇。"
她说。

"估计她们就是另一个世界的宇宙公主提到过的，
'帮手'们。"邪恶月亮公主撇撇嘴说，一群小屁孩而
已，何足挂齿！

"是啊。"邪恶宇宙公主舒展开自己的长腿，"现在，
森布拉肯定在绞尽脑汁地想办法除掉我们呢。可怜的森
布拉，每次都是那几句话，'放开我的小马国民！''我要
张开防护盾了'！呸呸呸，无能的废物，我都听烦了！我
要找点儿新乐子去。"

"还能有什么新乐子？"邪恶月亮公主问。

"我想去另一个世界！"邪恶宇宙公主说，"上一
次，我们差点就逼那个宇宙公主说出去另一个世界的方

法了。想想吧，要是我们能去一个全新的世界，让那里的小马也臣服在我们的铁蹄之下……哈哈哈！真是太美妙了！"

"这又有何难？"邪恶月亮公主披上战甲，瞬间，她幻化成一道黑影，"我要去监视新来的那几只小马，搞不好，从那几个小丫头身上能挖出什么有用的消息。"

"很好，去吧。"邪恶宇宙公主冲着邪恶月亮公主的背影挥挥手，"可不要贸然现身，暴露自己啊。"

"知道了！"邪恶月亮公主不耐烦地说，"是不是在另一个世界里，你也这么婆婆妈妈啊？啧，真是受不了你。"

另一头，森布拉大王的城堡里，小马们正听森布拉大王讲述故事的来龙去脉。

"……我们的世界恐怕恰好相反，当你

们的月亮公主重返光明的时候，我们这边的邪恶月亮公主彻底坠入了黑暗。现在无序爵士正守护着北方大陆，虫茧女王则负责南方地区的安全，我现在独自一人留守坎特洛特城和周边地区。"

"无序爵士？"苹果嘉儿吓得帽子都掉了。

"虫茧女王？"云宝还是没习惯，虫茧女王这样的反派，在这个世界里，居然是维护正义的好马。

而珍奇的注意点，和大家都不一样，她的眼睛闪着八卦的光，凑近森布拉大王："森布拉大王，给我们说说你和宇宙公主第一次见面的故事吧。"

"嗯……这，这有什么好说的。"森布拉大王有点不好意思。

"当然要说啦！我想听啊！"珍奇大叫起来。

"我也想听！"柔柔也凑了过来，"快说吧！拜托！"

　　“好吧……”森布拉大王拗不过小马们，“咳咳，那是很久很久以前的事了……当时你们都还没出生呢。”

　　“连柔柔也没出生？哇！那确实是很久以前！”碧琪嚷嚷道。

　　柔柔不爽地看着碧琪，那眼神仿佛在说：“你是说我年纪很大喽？”

　　唯一不感兴趣的，大概就是云宝了，森布拉大王才刚开头，她就已经打起了哈欠：“又是婆婆妈妈的感情故事，嘁。”

11　他们的初相遇

　　几百年前，宇宙公主和白胡子星璇通

过镜子穿越于各个平行世界。到了这个世界，他们不慎被抓入了监狱，森布拉大王听说来了两名旅行者，便特地到监狱来看望他们。

"两位旅行者，欢迎来到坎特洛特城。"他彬彬有礼地现身，"我是森布拉大王。"

看到他的那一刻，宇宙公主的心跳不知怎的，变得有些混乱起来。她的舌头仿佛也不那么灵活了："我……我是宇宙公主。"

"我有很多事想问你们，不知道为什么，你身上的标记和我认识的另一只小马一模一样，而且，说实话，我不是很喜欢那只小马。"森布拉大王已经发现了，宇宙公主和邪恶宇宙公主是如此相像。

"我饿了！"白胡子星璇不识时机地嚷道，"能不能先吃再说？"

"当然可以。"森布拉大王有礼貌地说，"跟我来吧，我们去会客室喝茶。"

"你们的世界有茶点？"白胡子星璇一听说有茶喝，就兴奋起来，"我最喜欢茶点了。"

森布拉大王很快注意到了白胡子星璇的用词："我们的世界？看来，你们不属于这个世界，我看咱们要好好聊聊了。"

坐在会客室，舒舒服服地吃完茶点的白胡子星璇心情大好，就把穿越两个世界的事一五一十地告诉了森布拉大王。森布拉大王非常震惊，也把这个世界的情况说给了白胡子星璇听。

"你的意思是，在这个世界里也有一个宇宙公主，而且还是个坏蛋？有点意思！"白胡子星璇乐呵呵地笑起来。

"但你看起来就显然不是坏蛋，对吧，宇宙公主?"森布拉大王转向宇宙公主。

"呃，我?"宇宙公主被森布拉大王看得不好意思起来，"我当然不是了!"

"我们的这个宇宙公主就像钻石一样纯洁!"白胡子星璇忍不住夸赞起自己的公主。

"我能看得出来。"森布拉大王欣赏地看着宇宙公主，她的脸微微红了起来。

白胡子星璇捏着自己的小胡子，笑眯眯地看着他们俩，突然说:"哦哟，我看你们倒是挺般配的! 干脆把她许给你吧，森布拉大王，你看怎么样呀?"

听到这儿，宇宙公主把刚喝下去的一口咖啡喷了出来。

"你们的世界里没有咖啡吗? 这味道你不喜欢?"森

布拉大王被宇宙公主喷了一脸的咖啡，也没有生气，一边默默地擦着，一边贴心地问她。

白胡子星璇端起茶杯，好奇地喝了一口，顿时惊喜地睁大了眼睛："哦！这个味道很有意思！你刚才说这叫什么？咖啡？很好很好，我要带点种子回去种，然后就能天天喝了！"

白胡子星璇研究起了咖啡，他要记一堆笔记，然后和自己的世界作比较。宇宙公主落落大方地对森布拉大王说："你的国家很漂亮，我想四处走走看看。"

"我带你去看！"森布拉大王说，"非常荣幸能做你们的向导。如果你们有兴趣，欢迎常来玩。"

白胡子星璇喝完咖啡，似乎兴奋起来，飞快地说："肯定还有不少值得看的东西，我们才来了几个小时，看到的都是冰

山一角。对了，你们这里有冰山吗？我们那边的冰山上还有很多企鹅呢。咦，你们这有企鹅吗……"

他还在高谈阔论，一只小马走进了会客厅。

"啊，月亮公主，你来得正好，我们来客人了。"森布拉大王笑着对那只小马说。

"月亮公主？"听到这个名字，宇宙公主不由得一惊，她抬头，果然看见一只美丽可爱、笑容可掬的少女小马，长得和妹妹一模一样！

此时，自己家里的那位月亮公主已经阴沉很久了，能够再次看到阳光开朗的妹妹，宇宙公主感动极了："妹妹，我已经很久没有看到你露出这样的笑容了！"

"啊，你和我姐姐简直一模一样，但是你看起来……更甜美！真好……"那时的邪恶月亮公主还是个善良的小姑娘，她也非常能体会宇宙公主的心情。

白胡子星璇开心地一把抱住这个月亮公主："我们那边的月亮公主是个暴脾气，我们根本没法接近她。走吧，我们去城里玩！"

就这样，森布拉大王带着宇宙公主和白胡子星璇，参观了他的坎特洛特城，见识了这个世界的科学和魔法，等到夜幕降临的时候，又在晚会上与宇宙公主共舞了一曲。不得不说，他们俩默契十足，似乎真的很般配呢。

欢乐的时光终将过去，很快，白胡子星璇和宇宙公主要回自己的世界了，森布拉大王给他们带上满满一车的伴手礼，一直送到魔法门边。

"真开心！我们应该多来往！我还想看看你们的图书馆和面包房呢。"白胡子星璇意犹未尽。

"我随时都欢迎你来，白胡子星璇。你也是一样，亲爱的小姐。"森布拉大王依依不舍地对宇宙公主说，临别时，他从斗篷下抽出一朵漂亮的玫瑰花，偷偷递到了宇宙公主的怀中。

宇宙公主也有点舍不得离开："我肯定还会再来看你的……嗯，我是说，再来看你的世界，再见。"

"下次再见。"

说完这句话，宇宙公主和森布拉大王互相深情地看了对方最后一眼，便被魔镜的魔法门隔开了。

12 升温的爱恋

回到自己的世界后，宇宙公主便开始时常魂不守舍，她的脑海里总有个影子挥之不去，不用说，就是那个世界的森布拉大王呀！

现在，她连白胡子星璇在耳边的絮絮叨叨都听不进去了。

"太神奇了！竟然有另外一个小马利亚，还有茶点和咖啡！我们肯定要再回去，我想多听听这个邪恶的宇宙公主的故事，真的很难想象！哎呀，你说，这是不是意味着，我们这个世界里的邪恶黑晶王也会卷土重来？真是令我毛骨悚然……"

"对，我们应该再回去看看。"宇宙公主看着手里的花，小声地说。

从此，只要白胡子星璇出发去森布拉大王的小马利亚，宇宙公主就一定会跟着一起去。但是，随着穿越的次数越来越

多，他们发现，奇怪的事情也变多了。比如，两边的厨师在同一天做了同一道菜，到后来，甚至白胡子星璇在那边的图书馆里借了一本书，这边的图书馆里就会有一本书消失。

白胡子星璇认为，这是两个世界逐渐融合的征兆，于是便开始减少穿越次数，也不再往回带东西了。可是这个时候，宇宙公主已经与森布拉大王陷入热恋，她无法忍受见不到森布拉大王的痛苦，于是开始瞒着白胡子星璇，偷偷穿过魔镜，去和森布拉大王相见。

一到达另一个世界，宇宙公主就扑进正在等她的森布拉大王的怀里。

啊，百般思念后，能见到自己喜欢的他，这是最幸福的事！为了此刻的幸福，所有的烦恼、所有的问题都可以抛诸脑后。

"宇宙公主！"森布拉大王轻轻地抚着她的彩虹色长发，"白胡子星璇发现了吗？"

"没有，"宇宙公主说，"但我觉得他已经开始怀疑我了……他让我不要再来这个世界了，他说可能会给两个世界带来危害，但我没有听从他的劝告……"

"嘘，别想太多，"森布拉大王安慰着宇宙公主，"我们见面的机会那么少，你每次待的时间也很短，我保证不会有事。毕竟，我们之间的关系能够伤害到什么呢？"

纯洁的爱情冲淡了所有的疑虑。

"来吧，我带你去一个地方。"森布拉大王说。

他们并肩漫步，穿过层层树林，来到了一片林中空地，这里月色朦胧，整片空地仿佛被月光点亮，所见之处，树干上装

饰着美丽的缎带，枝叶间悬挂着一张张纸片，像星星一般摇晃闪烁。

"好漂亮啊！"宇宙公主被这突如其来的美妙惊得不知所措，"这是什么地方？"

"这里是许愿花园，"森布拉大王温柔地说，"在我们的世界，大家可以把自己的愿望写在纸条上，然后把字条绑在树上，这样，愿望就会实现。从前，我没怎么来过这里……因为我没有想要的东西，"森布拉大王看向宇宙公主，"直到你出现在我面前……现在，你帮我写下愿望，好吗？"

宇宙公主拿起笔。

"请写：做我永远的唯一。"森布拉大王深情地说。

宇宙公主害羞地笑了起来。

他们将带有魔法的愿望纸片挂上树梢，星星点点的纸片随风舞动，就像一群群精灵，在这神圣而浪漫的许愿花园里，宇宙公主和森布拉大王许下了山盟海誓。

接下来，就像白胡子星璇笔记中记载的一样了。

宇宙公主偷偷穿越的事情被白胡子星璇发现了，他们大吵了一架，白胡子星璇封锁了魔镜，宇宙公主以为自己再也见不到森布拉大王了，终日以泪洗面。但很快，她就振作起来。

"我们的相遇绝不是为了分开！"为了爱情，她决定靠自己，重新打开魔法通道，"等着吧，白胡子星璇不是唯一会魔法的小马。他能做到的事情，我也可以！"

她翻阅了大量魔法书，反复做着实验，最后，还给白胡子星璇找了个出差的工作，把他支走了几天。

宇宙公主带着自己钻研出的咒语，来

到被封锁的镜子前，深吸了一口气："我来试试有没有用……"

她成功地再次踏进了森布拉大王的王国中。

⑬ 邪恶宇宙公主的妄想

故事讲完了，森布拉大王招待小马们用起餐来。晚饭只有几样简单的食物，配着朴素的餐盘，显得十分简陋。

"只拿这么点东西招待你们，真不好意思。"森布拉大王说，"我们王国收获的农作物需要先供应给人民，然后才给我。"

"看来邪恶的公主们真的做了很多坏事。"柔柔说。

"我看了这里的土地，连杂草都长不出来，更别提苹果树了。"种苹果的专家苹果嘉儿说。

"这里真的太糟糕了！树都枯死了！天空也阴沉沉的，一点生气都没有！就像一块大石田！"碧琪摇了摇头。

森布拉大王长叹一声，说："这个世界原本是非常繁荣的，繁花似锦，光彩夺目。但邪恶的公主们发誓要毁掉这一切，她们也确实做到了。我们的城市成了废墟，已经很久没下过雨了，农夫们也不得不背井离乡。"

"天哪……"云宝由衷地感到心痛。

"你的意思是，这里原先有很多蛋糕，但是现在没有了？"碧琪仰天长啸，"简直无法接受！难以置信！"

"城里的小马们都崩溃了，"森布拉大

王说，"我担心，如果再开战，仅剩的小马也会离开这里。"

"那对邪恶姐妹现在在哪里呢？"紫悦问。

"你们不知道她们住在哪里？"森布拉说，"她们住在姐妹城堡，它屹立在永恒自由森林的边缘。就在小马谷附近，她们就住在那里。"

"小马谷？"听到自己的家乡，珍奇吓得倒吸了一口气，"我真的不敢去这个世界的小马谷。"

"为什么你没有把她们关进地牢呢？"穗龙问了一个很单纯的问题。

"对啊，你可是国王啊！你还是独角兽呢！"云宝补充道，"你应该很懂法术才对啊！"

"我的法术都是防御系的，像防护盾之类的……"森布拉大王回答，"我和我的守卫们完全没法抓住她们。"

说到这里，柔柔也有问题："邪恶宇宙公主曾经提到过一个什么'条件'，那是什么意思?"

"她向我保证，你们的宇宙公主可以永远待在这个世界，而作为交换，我得告诉她通往你们世界的魔法，这样，她们就可以去你们的世界胡作非为了。"森布拉大王痛苦地说，"你们的世界纯净而富饶，她想征服那个世界。"

"也就是说，她能让你和宇宙公主重聚，并保证你子民的安全，但是你却拒绝了?"紫悦问。

"是的。"森布拉大王说，"虽然这个条件很诱人，但我不希望你们的世界遭殃，我不希望让宇宙公主的国度承受这样的命运。而且，我也不相信邪恶宇宙公主，我不相信她会放弃统治两个世界的机会，对想要的东西，她是绝对不会

轻易放弃的。"

"那我们该怎么做，才能拯救这个地方？"苹果嘉儿一筹莫展，"我们不能伤害她们，那还能有什么办法呢？"

"我不知道，所以宇宙公主才把你们六个……"森布拉大王看了一眼穗龙，赶快改口，"你们七个，送来这边。她相信你们一定能想出好办法来，拯救这个世界。"

"办法倒是有，而且很简单……"紫悦已经想出办法来了，"照理说，我们当年是用什么击败邪恶森布拉大王的，现在就能用同样的东西击败邪恶公主。"

"楼梯？"云宝不记得她们是怎么击败邪恶森布拉的了。

"庙会？"碧琪的答案就更不靠谱了。

"是和谐之元！"紫悦说出答案，"我们能用和谐之元将这对邪恶的姐妹封印在水晶里！"

"让她们待在水晶里，不受伤害，但又无法出来作恶！"森布拉大王茅塞顿开，"紫悦，你真是个天才！不愧是宇宙公主最看好的徒弟！你就像白胡子星璇一样聪明！"

"为紫悦欢呼！"森布拉大王展开了笑脸，"我们马上就出发，去姐妹城堡！"

"那么漂亮的水晶，拿来当牢房太浪费了，"珍奇很替水晶痛心，"还不如拿来做吊灯呢……"

找到了打败邪恶公主们的好办法，大家都兴致勃勃地养精蓄锐，收拾东西，准备踏出征程了。但她们没有想到的是，邪恶月亮公主一直躲在阴影里，偷听了她们的所有对话！此时，她正急忙往回赶，向邪恶的姐姐汇报小马们的计策呢！

⭐14 森布拉大王的开导

临行前，紫悦去拜访了森布拉大王。

森布拉大王正在穿盔甲，他看到紫悦，对她微微颔首，说："紫悦，你应该抓紧时间休息一下，我们一会儿就要出发了。"

"我知道，但我有些事想问您。"紫悦扭扭捏捏地躲在门后面说。

森布拉大王微微一笑："问吧，年轻的公主。"

"我要问的就是……"紫悦说，"我没有做公主的经验。而您是一个杰出的领袖，您能不能给我提一些建议？虽然我从来没想过要当领导者。"

"就我听说的事迹看来，你已经当了很久的领袖了，你的伙伴们的领袖。"森布拉大王说。

"不，我所做的，充其量只能算冒险，"紫悦谦逊地说，"比起当公主需要做的事情，冒险算不了什么。"

"怎么能说算不了什么呢？"森布拉大王温柔地说，"你的朋友需要帮助的时候，就会来找你指点迷津。"

"可我在需要她们的时候也会去找她们啊。"紫悦依然不觉得自己是个领袖。

"能有这么多可靠的朋友，你很幸运。"森布拉大王真诚地说。

紫悦叹了一口气，说："但我不希望成为一个领导。你见过白胡子星璇，对吧，他是只什么样的小马？"

想起白胡子星璇，森布拉大王的嘴角挂起了微笑："他是世界上最聪明的小马。"

"你觉得我像他吗？"紫悦问。

"非常像。"森布拉大王点点头。

"他和宇宙公主都是我心目中的大英雄。"紫悦憧憬地说。

"他们都是值得学习的榜样。"森布拉大王肯定了她的答案。

紫悦想了想，突然又问："如果可以选择的话，你更愿意做一只普通的小马，还是依旧选择做一位领导者？"

"紫悦，我本身就是一只普通小马，但我同时也是领导者。"森布拉大王笑着说，"我虽然是国王，但这个头衔是臣民们赋予我的，宇宙公主的头衔也是她的臣民们给的。我相信，如果有机会，白胡子星璇也可以成为国王，我看他有这个资质。"

　　紫悦忍不住笑了出来："哈哈！白胡子星璇当国王？那他一定是最可爱的老顽童国王！"

　　森布拉大王将紫悦送到门外："所以我对你的建议就是：不管你想成为一只什么样的小马，都要做善良的小马，这建议听起来就像废话，是不是？"

"有一点点啦，"紫悦苦笑着，"但是很有帮助，谢谢你，森布拉大王。"

"不客气，紫悦。"

和森布拉大王告别后，紫悦一路走一路想：要是白胡子星璇变成光芒万丈的国王，那该是个啥样？高贵冷艳的白胡子星璇？他的白胡子会不会柔顺闪光？

想着想着，紫悦忍不住捧腹大笑起来。

而房间里，森布拉大王武装完毕，他轻轻打开了一个宝匣，里面安安静静地躺着一张老旧的字条，那上面写着："做我永远的唯一。"

在不同的世界，不同的天空下，森布拉大王和宇宙公主同时抬起头，看着天空中的月亮，深情地低语："做我……永远的唯一。"

15 出发! 向着姐妹城堡

就在小马们准备出征的时候，邪恶月亮公主也回到了城堡，将她听到的一切都告诉了邪恶宇宙公主。邪恶姐妹露出了狰狞的面目，酝酿着她们的邪恶计划。

在去姐妹城堡的路上，小马们向森布拉大王详细地讲了梦魇之月的故事，森布拉大王深深感叹："怪不得在那段时间，宇宙公主和我们这边的月亮公主成了最好的朋友。"

"她竟然把另一个月亮公主当成了妹妹的替代品！"柔柔很惊讶，"虽然那个月亮

公主也是月亮公主……"

"并不是替代品，"森布拉大王说，"她只是很受伤，需要倾诉。我们的月亮公主与她有着很深的羁绊，可惜，当你们的梦魇之月恢复成月亮公主之时，我们的月亮公主就彻底变邪恶了。"

"两个世界互相影响，真令人头疼，"紫悦说，"如果我们攻击邪恶的公主，就没法保证我们的世界里那两位公主的安全。可如果我们放手不管，那遭殃的就是全体小马……万一，万一我们失败了，那可怎么办！"

想到这个可能性，紫悦开始慌了。

"冷静，紫悦，"苹果嘉儿揽住紫悦的肩膀，"我们还从没失败过呢。"

"以前没失败过，这次也不会。"云宝摩拳擦掌地说。

就在大家士气高昂，气氛正好的时候，碧琪跳出来

说："啊，我倒是失败过不少事情，投木桩啦，坐滑翔机
啦……"

"你还记不记得那次，你一边飞跃瀑布，一边做蛋
糕?"柔柔也和她一唱一和。

"对对对! 真是大失败啊!"碧琪哈哈笑着，心思早
不知道飞哪儿去了。

其他的小马们不由得怒视这两个破坏气氛的家伙，
碧琪被看得浑身发毛，赶快干笑着说："哈哈哈，这次绝
对不会失败的啦，哈哈哈……"

"我希望这一次，命运女神站在我们这边，"森布拉
大王抬头看着天空，"越靠近城堡，天空就越灰暗，这可
真不是个好兆头。"

"穗龙，写封信告诉宇宙公主，我们正
在去讨伐邪恶公主的路上。"紫悦让穗龙拿

出纸笔。

"告诉她，我们在战斗中会尽量不误伤她和她妹妹，"森布拉大王补充道，"另外，万一这是我们最后的一次通信，告诉她，我很想念她……"

"嗯，好是好，"穗龙看着深情的森布拉大王，"但这么写是不是太乌鸦嘴啦？"

"放心，不会有问题的，我们一定会赢！"苹果嘉儿安慰森布拉大王。

"是啊，"珍奇也说，"只要按照计划行动，我们不会伤及任何无辜。"

"啊，说到计划！"紫悦的眼睛一亮，用魔法打出计划内容，"我们还有时间，还可以再复习一遍作战计划，谁要看一下笔记？"

"什么，还看？"云宝的脸一下就僵了，"我们已经看了37遍了！"

"要看38遍才能记清楚！"紫悦振振有词地说。

就在他们重整士气，准备封印邪恶公主们的时候，两个世界的天空，同时在悄悄地发生着变化。魔法的混沌盘旋在小马们的头顶，渐渐侵蚀着两个世界……

宇宙公主在自己的世界里，透过城堡的窗户，遥望着天上："天空看起来……不太对劲。也许我不该把和谐之元送去另一个世界，这种魔力宝石没准会加快两个世界的融合。这件事结束之后，我必须封印这个通道！"

此刻，宇宙公主是多么的后悔！她后悔没有听从白胡子星璇的建议，后悔将两个世界间的平衡打破。然而，现在后悔已经来不及了……

邪恶宇宙公主也在观望着天空："她们来了！两个世界正在融合，平衡被打破

了！那只紫色的小马法力高强，一定无意间加快了时空的融合。"

邪恶月亮公主在她身旁，不耐烦地踏着蹄子问："姐姐，我们为什么不主动出击？他们可是来封印我们的！我们应该先下手为强！"

"把他们干掉了，我们就无法得到前往另一个世界的魔法了，"邪恶宇宙公主阴森地一笑，"等他们送上门来，我自有妙计。"

16 全力攻击

森布拉大王和小马们终于来到姐妹城堡前，此时的天空，已经被魔法搅乱。阴暗的光线仿佛一块巨石，他们头顶的空气变得越来越沉重。

邪恶宇宙公主站在城堡顶上，居高临下地喊："森布拉，我再给你最后一次机会！交出通往另一个世界的魔法，我就让你和那个世界的爱人团聚！"

"我从来没相信过你！一个字也不会信！有我在，你休想统治这个世界，也别妄想去统治那个世界！"正直的森布拉大王大声喊道。

"一切都该结束了！"云宝飞到空中，准备大战，"就是现在！"

"你说的没错，就在今天，一切都会结束。"邪恶宇宙公主怒目圆睁，瞳孔里绽出可怕的红光，"不过，我才是最后的赢家！一切都会以我们的胜利画上句号！"

"告诉你，不可能！"森布拉大王坚定地说。

"我现在就把你的心上人带来，怎么样？"邪恶宇宙公主狡猾地说。

"不可能！"紫悦说道。

"我们的宇宙公主才不会被你骗呢！"苹果嘉儿对宇宙公主很有信心。

"呵呵呵呵呵！"邪恶宇宙公主得意地笑起来，"我才不会骗她呢！如果她的妹妹有危险，她一定会来的！"

"啊？什么？"连邪恶月亮公主都没听明白，"她的妹妹为什么会有危险啊？"

邪恶宇宙公主趁妹妹不备，

一个转身，用魔法击中了邪恶月亮公主。

"不！你要做什么……"邪恶月亮公主没有想到，自己竟会被姐姐背叛。

邪恶宇宙公主亮出魔法，又是一击，丝毫没有手下留情，邪恶月亮公主被强大的魔法击飞到空中，从高高的阳台上飞快地向地面坠落下去。

"月亮公主！"善良的森布拉大王赶忙飞身扑过去，接住了她。

"喂，你怎么能这样！"碧琪生气地指责邪恶宇宙公主，"我禁止你使用残忍的暴力！"

当这个世界的邪恶月亮公主受伤，另一边世界里的月亮公主也会遭到相同的

伤害。

平静的宫殿里，月亮公主正和小动物玩耍……突然，一阵力量击中了她，她向后飞起，撞到魔镜上，发出清脆的巨响，镜面应声而碎，月亮公主则直接昏倒在地！

"妹妹！"宇宙公主冲过来，抱住妹妹，"你不会有事的，妹妹！"

月亮公主在宇宙公主的怀中慢慢苏醒，然而她睁开眼睛看到的，却是一个破碎的世界！

随着魔镜的破裂，宫殿也开始崩塌！天空上布满黑色的裂痕，平行宇宙全部受到了震荡，在无数个世界中的无数只小马，都遥望着天空的异变，惊讶得说不出话。

而宇宙公主的身边，皇宫的墙壁渐渐退去，取而代之的是邪恶宇宙公主的森林，这两个不同的世界，就快要融为一体了!

"天哪!"紫悦呆住了,"这下可怎么办? 怎么办?"

"宇宙公主!"森布拉大王一回头,看到的是他日夜思念的宇宙公主抱着月亮公主,凭空出现在身后,"你怎么会在这里?"

"我没事!"宇宙公主明白,这是世界融合的结果,想要解决这一切,只有打败邪恶宇宙公主。

"拜托,帮我照顾妹妹!"宇宙公主将虚弱的月亮公主交给小马们照顾,自己则奋不顾身地冲了上去。

"哈哈哈哈!"邪恶月亮公主大笑,"这结果,比我想象的还要好! 精彩,精彩! 实在是一场好戏!"

"我要结束这一切!"宇宙公主咬紧牙关,面对邪恶宇宙公主。

"就凭你?"邪恶宇宙公主讥笑着,用

魔法攻向宇宙公主。

"把你的世界交出来！"邪恶宇宙公主大喊。

"休想！"宇宙公主毫不退让。

"我们是打不出结果的！"邪恶宇宙公主说。

"不见得！"宇宙公主一脚踢去，"这招是为了我的妹妹！"

两位宇宙公主在空中打得难解难分，不相上下。她们拼尽全力，攻向对方的每一寸身体。

"来吧！该我们上场了！"紫悦和小伙伴们手拉着手，三只天马——云宝、紫悦和柔柔载着另外三只陆马，一飞冲天，加入了这场战斗。

"到此为止了！"森布拉大王放出魔法防护罩，将两位公主锁在里面，"紫悦！你和你的伙伴们抓紧时间启动魔法，我撑不了多久！"

"好的!"

事不宜迟,六只小马发动友谊的魔法,激活和谐之元,封印魔法从邪恶宇宙公主的脚下升起,将她慢慢包裹……

但是……慢着!宇宙公主竟也被封印魔法包围住了!

🌟 森布拉大王的决定

"加油!就快成功了!"穗龙并不知道宇宙公主也即将被封印,还在一旁呐喊助威。

森布拉大王首先看出了不妙,他飞奔向前,大喊:"等等!停下!你们会把宇宙公主也封印起来的！"

"哈哈哈哈，"邪恶宇宙公主做着最后的挣扎，"想封印我，就得连你的爱人也一起封印！我看你还是放我走吧，我保证你和你的爱人一起留在这个世界。你要是封印了我们两个，那可就再也见不到她了！选择吧，森布拉！"

"紫悦，不要停！"此时，宇宙公主坚定地说，"你们必须把我们两个都封印起来！我们不在了，世界的平衡就能恢复！把月亮公主带回去，你们可以携手治理小马利亚！我相信你们可以，小马利亚就交给你了，紫悦！"

"不！"紫悦无法想象，小马利亚离开宇宙公主，会是个什么样。

"我不能丢下你，宇宙公主！"紫悦暂停了魔法。

"你别无选择，"宇宙公主在水晶中露出微笑，"曾经，有一只小马告诉过我，作为领袖，总是要做出艰难的决定，而这次，我替你做了决定，对不起。"

"不，我还没准备好！"紫悦的伤心、压力和焦急一起涌上心头，泪水夺眶而出，"一定有救你的办法！"她冲上前，握住宇宙公主的前蹄。

"紫悦，我为你骄傲，我知道，你一定会成为小马利亚的杰出领袖。现在……永别了。"宇宙公主放开了蹄子。

"不！"森布拉大王惊慌失措，"一定还有别的办法！"

"我们必须恢复世界的平衡，"宇宙公主遥望着森布拉大王，"对不起，森布拉……"

"紫悦！我有办法！"森布拉大王突然大喊一声，冲了过来。

"有什么办法……要抓紧时间啊！"云宝咬着牙，吃力地支撑着魔法。

"我们的时间可不多了!"苹果嘉儿也催促着。

"平衡!"森布拉大王被这个词提醒了,"我们得恢复两个世界间的平衡……你们世界的森布拉是个大反派,对吧?"

"你是什么意思?"柔柔没听懂。

"我明白他是什么意思!"紫悦在一瞬间内,已经想明白了,"森布拉,你疯了吗?你知不知道,你这样做,会落得什么下场?"

"我知道。"森布拉大王严肃地说。

话音未落,他便发出魔法,锁住了邪恶宇宙公主和邪恶月亮公主。

"森布拉,你在干什么?"封锁住宇宙公主的水晶开始碎裂,宇宙公主担心地大喊道。

"我在纠正两个世界的平衡,"森布拉大王一边施着魔法，一边说，"只要我把邪恶姐妹身体里的黑暗力量吸出来，一切就都恢复原样了，两位公主会恢复善良，不会有任何小马受到伤害，你也会安全的!"

"但是，这么多的黑暗力量，你要怎么处理?"宇宙公主有了不好的预感。

"只有一个办法……"黑暗力量源源不断地流向森布拉大王，森布拉大王用尽全力，"就是吸进我的身体里!"

一瞬间，阴霾散去，阳光普照。

一瞬间，邪恶宇宙公主和邪恶月亮公主消失了，取而代之的，是善良而美丽的异世界的公主们。

一瞬间，融合在一起的两个世界又回到了各自的位置，恢复了平衡。

小马们望着天空，流下泪水："他牺牲了自己……"

"森布拉！"宇宙公主冲上去抱住了森布拉大王，但森布拉大王的双眸已被邪恶侵染，他像是不认识宇宙公主一样，凶狠地亮出自己的獠牙，飞一般地逃离了这里。

"他成功了！两个世界恢复了，我们可以回去了！"柔柔喊道。

"但是，镜子碎了……"宇宙公主不知该如何回去。

"快看！传送门！"云宝发现了一块小小的传送门，"是魔镜的碎片！快！门就要关上了！我们要赶快进去！"

小马们拥向传送门，一个接一个地跳进通道里。

"说不定还能赶上晚饭呢！"碧琪雀跃着说，晚饭她就准备吃蛋糕了。

"抓紧你们的帽子！"一想到又要回到那个大"洗衣机"里，苹果嘉儿赶紧说。

"除了你，谁一天到晚戴帽子！"珍奇激动地喊。

　　恢复善良的异世界月亮公主和宇宙公主，来到传送门边送他们。

　　"宇宙公主，对不起！"异世界月亮公主想起了曾经的友谊。

　　"请你帮我照顾好他。"宇宙公主还挂念着森布拉大王，"治理好你们的小马利亚。"

　　说完，宇宙公主跟在大家后面，她的彩虹色长发也消失在了传送门中。

18 尾声

　　小马们回到了自己的小马利亚，但那面魔镜永远地碎了，她们刚刚落地，传送门就关上了。

一切归于平静。

月亮公主恢复了神志，从小马们那里得知了所有的故事。

"就这样了？"她叹一声，"镜子碎了。"

"这样是最好的。"宇宙公主的情绪很低落，但她知道，这样对两个世界都好。

"紫悦，我很抱歉，我不像你想象的那样完美，"宇宙公主对紫悦说，"希望你不要对我感到失望。"

"不，宇宙公主，"紫悦笑着说，"这件事让你变得更加真实了。你让我认识到了，即使是公主，也可以不用那么完美。"

"我说的是真心话，"宇宙公主对紫悦微笑着说，"就算我没能回来，我也深信你能接好我的班，管理好小马利亚。"

"以前，只要一想到当领导，我就害怕，但是现在，我不那么怕了。"紫悦自信了很多，"但是眼下不是考虑这些的时候，我还是先多读点书吧。月亮公主把白胡子星璇图书馆的钥匙给我啦！"

一想到以后能随时徜徉在浩瀚的书海，紫悦就兴奋不已。她激动地举起钥匙给宇宙公主看，宇宙公主笑着表达赞许。

碧琪早早地准备好了粉色大蛋糕，上面写着"欢迎回来"，还没等小马们围过来，自己就先咬了一口。

宇宙公主站在小马们面前，面带笑容地说："你们都做得非常好，我不知道该如何感谢你们才好。我有一个要求，虽然有些过分，但我希望你们保守秘密，不要向其他小马提到这次冒险。"

"什么冒险？"云宝笑道，"另一个世界？"

"地下恋情？"珍奇说。

"邪恶的公主？"柔柔努力想模仿出"邪恶"的样子，但怎么都做不出来。

"没有蛋糕的世界？"碧琪塞了一嘴的蛋糕。

"谁会信啊！"苹果嘉儿大声总结。

看着大家一脸可爱的表情，宇宙公主笑了，她诚挚地道谢："谢谢，谢谢你们。"

"公主，这些镜子碎片怎么处理？"苹果嘉儿问。

"销毁吧。"宇宙公主捡起一块碎片，在碎片中，她仿佛看到了森布拉深情的双眼。"我会留下这片，当作纪念。"

"姐姐，你的心情还好吗？"月亮公主担心地问。

"会好的。"宇宙公主看着镜子的碎片，流下泪水，"总有一天，我会平复我的心情。"

"永别了，森布拉。"宇宙公主对着碎片，深情而隽永地默念，"你是让我难以割舍的存在，能在生命中遇上你，我是多么幸运啊。"

此刻，在另一个世界，许愿花园里，被黑暗力量侵蚀的森布拉大王，俨然是一具行尸走肉。他躲在拴满许愿卡片的树下。载满愿望的卡片随风摇曳，仿佛在倾诉着他曾经的海誓山盟。

森布拉的目光中已经只剩下邪恶，但是为什么，从这样的眼睛里，却悄然流下一行清泪呢？

"永别了，我亲爱的宇宙公主……"

宇宙公主的"真爱"友谊箴言

爱是互相做永远的唯一，爱是勇敢地并肩作战，向着同一个目标前进！爱是不惜牺牲自己，只为了成全对方。我不后悔遇到森布拉大王，我知道，他也不会后悔为了我做出那么大的牺牲……我更相信，总有一天，我们还能再见。

工作室里的秘密

⭐1 万岁！考试延期

　　在中心城大街，有一对身影成功吸引了大家的目光，路过的小马无一不回首观望、议论纷纷。

　　这对身影嘛，是紫悦和坐在她背上的穗龙。

　　"紫悦，你是不是很紧张？"穗龙问。

　　"你你……你怎么知道？穗龙？"紫悦目光呆滞地正视前方。

　　"因为，你在咬自己的鬃毛……你不知道吗？"穗龙瞅了瞅快要灵魂出窍的紫悦，又看了看身边窃笑的马群，十二分尴尬地问，"咱们站在这个台阶上都快半小时了，你说你，一步也不挪，还吃起了自己的鬃毛，他们都把咱俩当傻瓜啦！"

"啊？什么？有吗？"紫悦这才反应过来，呸呸地把嘴里的毛吐出来，"我才没有紧张呢！我我……我只是很喜欢这里的风景……"她将小马蹄放在眼睛上，装作远眺的样子。

可是"怦怦怦"的心跳出卖了她！她开始呼吸加速，两腿发软……

"天哪！我还是别自欺欺人了！"紫悦终于抱着脑袋，抓狂地哭起来，"待会儿的考试，人家完全没把握！这次考试特别特别特别重要！要是我考不好怎么办？要是考到一半出岔子怎么办？"

穗龙看着原地转圈的紫悦，万分同情地告诉她："别担心了，我估计还没等到开始考

试，你就有大麻烦了。"

"怎么了？"紫悦慌忙转身，"什么麻烦？"

"你要迟到啦！"穗龙对着她的耳朵大喊。

"啊啊啊！对哦！"紫悦"咻——"地一下，闪电般蹿向考试地点——宇宙公主的城堡。

城堡的屋顶在太阳的照耀下闪烁着金光，不过紫悦可没心情去欣赏。她气喘吁吁，满头大汗地冲进大厅，差0.01厘米就要撞在宇宙公主身上了。

宇宙公主气定神闲地微笑着："早上好，紫悦，你看起来很兴奋嘛。"

"是啊，兴奋……过了头……"紫悦心虚地说。

怎么办怎么办？考试马上就要开始了！宇宙公主会出什么题呢？

然而宇宙公主好像并没有要开始考试的意思，她皱着眉头说："但是很遗憾，我们今天的考试出了点状况。皇家档案管理员夏夏在梯子上整理书架时，不小心摔了下来，受伤了。我得派一只小马去帮她工作，直到她的腿完全恢复。"

紫悦木木地眨了几下眼睛——所以，考试取消了吗？

宇宙公主对她露出亲切的笑容："我把考试推迟几天，你不介意吧？往后推几天就好。等你帮完夏夏，再回来考试。"

紫悦的眼睛刹那间光芒四射，她手舞足蹈："不介意，当然不介意！您的意思是……要派我去皇家档案室？天哪，好荣幸啊！"

皇家档案室，那可是全小马利亚藏书量最大的地方。要是能去那里看一眼，这辈子也就值啦！紫悦心里窃喜。

"看得出来，这回你是真的兴奋了。快去吧，紫悦，想必那里已经一团糟了。"宇宙公主对她微微一颔首。

"是，公主殿下！"紫悦向公主敬了个礼。此时的她，身未动，心已远。

穗龙刚准备跟上去，就被宇宙公主的蹄子拦了下来。

她悄悄地俯下身，贴在穗龙耳边说："不好意思哦，穗龙，这次紫悦得单枪匹马完成任务。"

奇怪，对于这次任务，宇宙公主似乎隐瞒了什么。

⭐ 闭门羹

时值正午，紫悦从城堡一路小跑来到南部的皇家档案室。这栋高大的房子看上去有很多年了，传统的木格子外表透出厚厚的历史气息，房屋四周花香四溢，只是草长得有些高，而且似乎……过于安静了。是的，这里的空气静悄悄的，好像连一只蜜蜂的声音都没有，实在是有点高冷。

紫悦小心翼翼地走在被草覆盖的小路上："天哪，这里到底多久没有马来了？"

"咚咚，咚咚，咚。"

"您好？"紫悦一边轻轻叩门，一边偷偷打量四周。整座档案室的侧墙上布满了爬山虎，透过密密麻麻的绿叶缝隙，可以看见斑驳的白色墙壁，房顶也是最普通的干草色，这里仿佛隔绝着任何色彩和装饰，很难想象它竟是皇家档案室。说实在的，以前，在紫悦的想象中，这儿一定是一栋气派的华丽建筑呢。

环境倒是挺美的，就是好像缺了点什么……没等紫悦想明白，面前的大门闪开了一条缝，一道声音从黑黢黢的门缝里传来："谁？"

紫悦急忙立了立身体，自我介绍："嗨，您好，您是夏夏吗？我是宇宙公主派来帮您……"

她话还没说完，就被打断了："我不需要帮助！"

门被狠狠地关上了，在关上之前的那一秒，紫悦瞥见了一只独角兽，她那浅黄色花边眼镜后面，是一双冷漠又傲慢的眼睛。

紫悦缩缩脖子："真不友好，看来我是出师不利。"

可是不行呀，宇宙公主既然吩咐下来了，她总不能因为吃了闭门羹就撒蹄子走了吧。

紫悦理了理刘海，清了清嗓子，又轻轻地敲了敲门："您听我说呀，宇宙公主说，您的腿摔伤了，不方便工作，所以特意让我来当您的助手，帮助您呢。"

"不用！"门里的那只马惜字如金。

"天哪，怎么这么固执又高冷啊！"紫悦揉了揉有些生痛的脑袋，在门口转了几圈，"我得想想办法！嗯，出'同情牌'准没错！"

于是紫悦对着大门喊道："哎呀呀，真糟糕，好像快下雨了，我没带伞，怎么办呢？难道我得淋雨回去吗？"说完，她赶紧趴在门上偷听动静。

"哈，那你赶紧从哪来回哪去，趁雨还没下，趁早走吧！"门内毫不客气地说道。

"唉——好吧，好吧。"紫悦故意深深地叹口气，"那，在我离开之前，我得告诉您，宇宙公主说了，您要是不能按时完成工作，她就重新指派一只有能力的小马来替换您！"紫悦故

意加重了"替换您"三个字，然后转身装作离开的样子。

"吱呀——"门果然开了。

夏夏原来是一只金色头发、蓝绿色皮肤的小马，若不是她的嘴角撇得快掉到了地上，她一定是只美马。可是现在，她前腿挂着带滑轮的辅助架，脸色也很臭，看上去很难相处。

"好吧，你赢了，进来吧！"她拉长了脸说。

紫悦就这样跟着夏夏，步入了她梦寐以求的地方——皇家档案室。昏暗的房间里，书柜一直堆到屋顶，一排排书籍整齐地码放在上面，看上去实在诱人。

夏夏边走边问："你叫什么名字?"

"我叫紫悦。夫人，您——"

"好的，紫悦，我记住了，你是个话痨。"夏夏低下头，毫不客气地从眼镜上方注视着紫悦，"听着，你要是想在这里帮忙，就得遵守我这里的规矩。"

"洗耳恭听，夫人。"紫悦眨了眨眼睛，伸长了耳朵，抖了两下。本以为自己这么呆萌的行为可以逗冰山美马一笑，岂料夏夏一副完全没看见的样子，严肃地说："第一，必须严格遵守规矩！"

"可夫人您还没说是什么规矩。"

夏夏向紫悦靠近一步，用零下45°的声音打断她："第二，不许提问！"

紫悦不由得打了个哆嗦。

"别给我惹麻烦，晚餐六点整供应，错过时间就得饿肚子。还有，走廊尽头有套客房，你可以住那儿，但绝对不许打呼噜。最后，最重要的就是——绝对绝对不能进我的工作室。"

紫悦掰着蹄子，牢牢记下这些规矩。夏夏突然贴近她的耳朵，把声音提高到100分贝："永远都不能进，记住没有？"

"是……是！遵命！夫人！"这突如其来的"狮子吼"吓得紫悦差点跳上了天。

3 堆到天上的书

夏夏扬头转身，挺起胸，尽管腿下的辅助架吱呀作响，却丝毫不影响她的高冷风范："跟着我，先带你参观一下工作的地方！"

紫悦抢起小腿，小跑着跟上。此时她才发现夏夏身上的可爱标志是——是什么？那标志十分模糊，似乎是书，又似乎是笔，夏夏走路晃来晃去的，屋内灯光昏暗，根本没法细细辨认。

很快，她们便穿过了走廊，夏夏推开一扇门："这里是档案室。"

"天哪！这一刻将载入我的历史！"紫悦兴奋地迈着小碎步，踏入了这片神圣的领域。

档案室的屋顶异常高，顶上似乎是巴洛克风格的彩色玻璃，玻璃上隐约印有宇宙公主和月亮公主的身影，不过由于墙外、屋顶覆满植物，让这些玻璃失去了原有的色彩。

"好可惜，为什么不派人清扫一下这里呢，不过……"紫悦看向四周，眼睛里的光芒越发明亮，只见巨大的书架一圈圈俨然有

序地倚靠着墙壁，"屋顶脏有什么关系呢！只要有这么多书就够了！"

夏夏见她失神的模样，忍不住"喊"了一声，然后对她说："工作的地方在里面的图书室。"

"啊，好的夫人。"紫悦回过神，跟着夏夏进入另一个房间——一个"宏伟"到令她倒吸三口气的地方。

只见房间地上书堆林立，密密麻麻，像一座参差森林，又像一片波涛海洋。紫悦耸耸鼻子，空气中飘浮着淡淡的油墨香。

夏夏用蹄子指着一摞比

她们还高的书堆说："这些都是书，'书'你懂吗？你们这些年轻小马应该都不喜欢看书吧。"

"谁说的？我很喜欢看书呢！"紫悦举起蹄子说。

"哦？"夏夏压低眼镜质疑道，"我估计你爱看漫画书吧？要么就是那些写吸血马的蠢书？"

"我看过很多书，"紫悦掰着手指头一一回忆起来，"比如《勇敢冒险之探索蓝宝石雕像》，《小马与偏见》，《巴黎圣母院》……当然漫画和吸血马的故事也会看啦。"

"好吧，你恐怕也只是记住了这些书的标题。"

"谁说的？我可是个大书虫！那些书都很精彩，我过目不忘！"

本来惜字如金的夏夏意外地问了一句："那……你最喜欢哪个作者？"

"知更鸟！我最喜欢一个笔名叫'知更

鸟'的作者！她写过《空中漫步》！不过她很神秘的，写过这本书后就销声匿迹了。"紫悦遗憾地摇摇头，然后很肯定地对夏夏说，"不过那本书真的超棒，无敌精彩！"

"不错，你确实看过点书，今天到此为止吧，明天早晨六点开始工作！"夏夏嘱咐完，便头也不回地走了。

第二天……

"咚咚咚，咚咚咚！"紫悦的房门被敲得震天响，夏夏最不能忍受睡懒觉的小马了。

"快起床，我们要开始工作了！"夏夏推开门，却发现小床上空空如也。

"咦？紫悦？紫悦！"

"夫人，我在档案室呢！"

夏夏拖着咯吱咯吱响的腿部辅助器慢慢地来到了档案室，紫悦早已神清气爽地站在门口，她将了将额前紫色的鬃毛，大声喊道："紫悦前来报到！"

"你倒是挺积极，小鬼。"夏夏抬了抬眉毛，咂咂嘴，"希望你不是逢场作戏。"

"我会向您证明的，夫人。"

"行了，走吧。"夏夏摆摆手，两只小马进入了图书室，"听好，你今天的工作就是把书分类放置在书架上！"

紫悦顺着夏夏的眼神，看到了她旁边堆起来的一小摞书。

"好的夫人，这么几本书，我应该可以很快搞定的！"紫悦信心满满。

"哦？"夏夏把眼镜戴好，伸长了脖子看向另一处，"谁说只有这几本了？那边的一堆才是你今天最主要的任务！"

紫悦一转身——呜哇！一摞厚厚的"书

"塔"歪七扭八地堆啊堆啊，一直堆叠到屋顶！

"咳，咳！"夏夏清了清嗓子，指着一个桌台说，"书籍就按照标题的字母顺序，给我好好地排列摆放，最后必须在工作手册上做好书面记录！"

那本工作手册也厚到可怕！

"谁能告诉我，这些书是怎么堆起来的？"紫悦瞠目结舌，还没回过神。

"好了，我要回工作室了，你明白要做什么了吗？"夏夏拄着腿部辅助器，退到门口。

"是的夫人！把书籍按标题字母顺序分类排放！"

"要是出了错，我要你好看。"夏夏嘟囔着转身离开。

偌大的图书室只剩下紫悦了，她一屁股坐在地上，松了口气，和夏夏相处的感觉实在是紧张到喘不过气，她看着身边的冲天书堆，渐渐地兴奋起来："早点整理完，我就可以早点读你们啦！"一想到能有机会肆意徜徉在书海里，紫悦便激动得浑身颤抖。

4 沉默是金

空中飘浮着各种厚薄不一的书，一个忙碌的身影在其中飞快穿梭。紫悦调动魔法，一会儿将书放入书架，一会儿用笔沙沙沙地记录着什么。

"《如何训练龙宝宝》？嗯……这个……"紫悦抬起头飞快地思索着这本书该放在哪里，突然，门外的廊道传来"乒乒——乓！咚——"的声响。

这声音打断了紫悦的工作："咦，怎么回事？"

没过一会儿，夏夏扶着眼镜一瘸一拐地出现在图书室门口，她的脸微微发红，呼吸急促。

"我来看看你的工作进行得如何。"夏夏平息了呼吸，开始检查刚整理好的书架，她一边慢慢地走着，一边轻轻地念着，"《费马定理》《大理石鉴赏》《勇敢者的咆哮》等等，《大理石鉴赏》？"

她突然像是抓住了什么把柄似的质问道："小家伙，难道在你的字母表里，'F'排在'D'的前面？"

"不，夫人，最初我也看错了标题，"紫悦指了指书的左上角说，"那本书不应该念成'大理石鉴赏'，您再看一下。"

夏夏扶了扶眼镜，仔细看了看，原来在"大理石鉴赏"的前面还有五个字——"官方手册之"，这么一来，这本书就是G开头的了，排在F开头的《费马定理》

后面，是没错的。

"好吧！这种书名下回遇见多注意些。瞧瞧现在这些新奇的排版，真是让人看不懂！"夏夏臭着脸把它放回了书架。

紫悦偷偷地吐了吐舌头。

夜幕降临，小马谷上空月明星稀。皇家档案室外荧光闪烁，虫鸣声声，气氛似乎有些活跃起来。

紫悦此时正和夏夏共进晚餐。两人都捧了本书，一边吃饭一边阅读，餐厅里异常安静，除了偶尔咀嚼花生的声音。

"虽然看书很棒，可像吃饭这么愉快的时光，和朋友聊天才最有趣啊。"紫悦想起了前几天和朋友们一起分享水果派的情形——苹果嘉儿发明了一种全新的芒果派，里面巧妙地加入了彩

虹糖和榛果。为了抢最后一块，云宝和碧琪还进行了一场比赛……想到云宝输掉之后，流着口水眼巴巴地看着碧琪的模样，"啊哈哈哈哈……"紫悦不由自主地小声笑了起来。

夏夏有所察觉地瞟了她一眼，又继续看她的书去了。

"说话？不说话？聊点什么？闭嘴？"紫悦竟偷偷数起了碗里的青豆。

三分钟后，紫悦终于忍不住打破了安静："您……刚才在廊道里……嗯，算了，没事。"

这回夏夏头都没抬一下，继续翻看着手中的书。

欲言又止的紫悦已经完全没办法继续看书了，碗里的青豆也粉身碎骨。这样沉默着好尴尬啊，该和夏夏聊些什么呢？她想啊想啊，可是直到夏夏吃完饭，她也没挤出一个字。

"小鬼，刚才你在看什么书?" 临走前，夏夏问了一句。

突如其来的问话吓了紫悦一大跳，她磕磕巴巴地说："嗯，是……是《追风筝的马》。"

夏夏听了，只是面无表情地"哦"了一声，就关门走了。

她可真是奇怪啊!

⭐ 5 魔音灌耳

第二天，紫悦有了前车之鉴，没有冒昧地在档案室里等候，而是直接去找夏夏。她一边敲门，一边问候："早晨好，夫人，请问今天需要我做些什么?"

"啪——"夏夏打开门，怒气冲冲地说："一大清早的，非要把门敲得那么响吗！我的视力不好，耳朵可没聋！"

"……这位夫人有严重的起床气！"紫悦默默地在心里给她贴上了标签。

"吱呀吱呀——"

夏夏带着紫悦，在一扇有些陈旧的大门前停下，门旁边挂着一个标牌——"仓库"。进入仓库后，紫悦发现这里放置的尽是一些略微残破、古旧的书，还有一些旧玩意——一个留声机，一箱子黑胶唱片，一把摇椅，几个眼镜盒……

"看见箱子上的书没？那些书有些年头了，以前皇室的人都爱读它们，现在只是作为资料收藏在这里，今天你得给它们包上书皮，然后放入仓库最左边的书架。"

"啊？那个箱子？妈呀，都被蜘蛛网裹起来了！"紫悦睁大眼睛，把脖子伸得长长的，透过漏进窗户的阳光仔细分辨，"如果我没看错的话，夫人，那些书皮上都落满了灰尘，连书名都看不清……您不是开玩笑吧？"

"不要质疑我的命令！少说话，多做事！"夏夏扬长而去。

"哼！没有什么能难倒我的！"紫悦拍了一下桌子——一大团灰尘腾空而起。

"咳——咳咳咳！这……这些该死的灰尘，咳咳！"如果有镜子，她一定会被里面那个灰不溜秋的小怪物给吓晕——现在的她蓬头垢面，简直惨不忍睹。

"3，2，1，开始战斗！"她用魔法抄起了一个大扫帚，三下五除二将蜘蛛网扫个精光，同时又利索地拿起一块抹布，下水再拧干，擦起了箱子。

"啦啦啦啦啦……我是一只快乐的小马，哦哦哦哦哦……我的青春能量无限……"紫悦越干越起劲，忍不住哼起了歌。在这么糟糕的工作环境下，音乐可以激增她的斗志，愉悦她的心情嘛。

"啦啦啦啦啦……我知道这很疯狂，但是我就是那只不羁的小马……"她一边擦着书封，一边大声歌唱。

突然，夏夏推开门，伸进头："紫悦？出什么事了？我听见了惨叫声，你没受伤吧？"

"没有啊，夫人，我在唱歌呢！"

"唱歌？你们管这种撕心裂肺的尖叫叫唱歌？"

"夫人，我唱的是摇滚，摇滚乐很有爆发力呢！瞧！

我已经包完一小半的书皮啦！"紫悦自豪地展示起自己的劳动成果。

可是夏夏却一脸鄙夷："这种摇滚音乐简直没法听！我看这种歌用来当刑罚倒是可以！"她走到那台古老的留声机旁，在箱子里翻了翻，然后优雅地抽出一张名为《快板小马》的黑胶唱片，轻轻地放在唱盘上："我让你听听，什么才是真正的音乐！"

唱盘一圈一圈缓缓地转动起来，唱针开始跳动，响亮又富有节奏感的音乐随之而来——嘣嚓嚓嘣嚓嚓，噼啪啪噼啪啪……一向高冷范的夏夏竟然随着音乐摇摆起来，嘴角渐渐上扬，闭着眼睛陶醉其中，直到一曲结束，她才恋恋不舍地收起唱片，满意地对紫悦说："真是美妙的音乐，是不是过耳不忘？"然后她自顾自地哼着那种古怪的音乐，

转身离开了仓库。

紫悦一边包着书皮，一边嘀咕："这是真正的音乐？我看是魔音灌耳吧！"

看来她和这位夏夏，确确实实是不太合得来。

⑥ 工作室里的秘密

又是一天的晚餐时间，通过几天的相处，两人在餐桌上的话题竟然越来越多。紫悦发现她们最谈得来的共同话题就是读书。夏夏也慢慢地习惯了边吃边聊，甚至开始有些期待晚餐时间了。

今天的晚餐是三明治，面包中间夹着厚厚的耶罗草和鲜奶酱。

她们正在热烈地讨论着图书的制作出版。

"那本书的字体真是好看极了！是我看过最美的花式字体！不知道那种字体叫什么……我都没见过哪个打印机能打得那么好看。"紫悦嚼着嘴里的面包说。

"不不不，那本书整本都是手写的。"夏夏肯定地说。

"不会吧！他难道不用打印机打字吗？又快捷又整齐，还方便修改编辑呢。"紫悦吃惊地咽下食物。

"是的，现在的大多数作者都会用打印机打字，但是也有一些作者会非常严格地要求自己，他们认为手稿才最有价值、最原始。还有一些作者，他们只有用手写才能写出东西来。这个嘛……可能也算一种癖好。"夏夏说。

"那您知道知更鸟是用什么来创作吗？也是手写的？"

　　"我记得她用的是一种非常古老的打字机。咯嗒咯嗒咯嗒。"夏夏放下三明治，手指在桌子上敲了几下，"我知道你很喜欢知更鸟，那你听过格兰德这个作者没？"

　　"没有哎……"

　　"如果你喜欢知更鸟，那你应该也会喜欢格兰德，她写过的好书可不止一本。"夏夏起身对紫悦说，"你等等，我去拿本给你。"

　　紫悦顿时心生期待，因为她知道夏夏的推荐准没错。几天下来，她已经不像一开始那么讨厌夏夏了，夏夏其实是只见多识广、才华横溢的小马，只是很低调。

　　时间滴滴答答，又是一周过去了……

　　皇家档案室里传来震耳欲聋的呼喊："紫悦？紫悦？你在哪儿？"

　　"房间没有，餐厅没有，花园没有，图书馆……等等，一定是在图书室，这小鬼最爱看书！"夏夏摸着下巴，灵光一现。

图书室的书堆上，趴着一个小身影——紫悦正悠然自得地趴在上面看书呢。

"紫悦？你在吗？"夏夏拖着腿下的辅助器，绕着图书室转了一圈。头顶上传来"哧哧哧……"的笑声，抬头一瞧，果然是紫悦那小鬼。喊了几声，她也不应答，夏夏深吸一口气，再次用100分贝的"狮子吼"把紫悦吓得连书带马滚了下来。

"哎哟……哎哟喂，我的屁股……"紫悦龇牙咧嘴地爬起来，"夫……夫人，要开始工作了吗？对不起，我早晨起得太早，就来这里随便看看，然后就忘记时间了……"

"哼，小鬼，你是公主派来干活的，你不

会忘了吧！"

"对不起，对不起！"紫悦慌慌张张地道歉，"刚才那本书太引人入胜了，我本来想看完一个章节就走，可是没能控制住自己……"

"唉——"夏夏叹了口气，然后扶正了眼镜笑着说，"嘿嘿，其实我也会这样啦，不把一本书看完决不罢休！所以我才堆了这么多活儿没干完呀，走吧，待会干完活，我允许你再来看书。"

紫悦放松地在夏夏身后笑出了声。她们在其他方面是有点合不来：对音乐的鉴赏不一样，喜欢的食物口味也不同……可是一说到书，她们就有说不完的话，一碰到书，她们就都沉浸其中。也正因为如此，她们之间的隔阂，似乎在一点点消失……

餐桌上的晚餐挺丰盛，蜂蜜、沙拉、罗宋汤……这足以证明夏夏的心情非常好。

"紫悦，要通心粉吗？"

"好呀，谢谢。"

夏夏盛了一碗通心粉递给紫悦，说："刚才的书看完了吗？"

"看完了，不过没想到结局是留给我们自己想象的，这样的安排很有意思呢。"

"没错没错。这个作者还写了另外一本书，叫《霾》，也很棒哦。"

"真的吗？一会儿我自己去图书室找！"

时间一分一秒地过去，可她们却聊得浑然不知。

第二天，日月交替的清晨，紫悦在青鸟的歌声中醒来。当她睁开眼时，满脑子都是昨晚她们讨论的那本《霾》。和夏夏的聊天很

愉快，她对图书总是有着很深入的见解，对情节的看法也非常独到。

"一日之计在于晨，早起的马儿有书看，啦啦啦，啦啦啦啦……"紫悦从橱柜里拿出一片吐司，三下五除二地抹上黑加仑酱，刚坐上椅子，便发现餐桌上的蜂蜜罐子下压着一张大大的字条：

"早上好，今天我得去镇子里采购水果派和蓝莓汁，以庆祝格兰德的新书出炉，你是不是和我想的一样？尽管我的腿伤还没好，不过那都不是事儿！等着我回来吧！"

看完留言，紫悦狠狠地咬了一大口吐司，在地上转了几个圈："幸福来得太快，让我如何招架，噜啦啦噜啦啦……"她一边哼着小曲儿，一边咬着吐司，扭着屁股向图书馆走去。

路过一个挂有"工作室"牌子的小木门，紫悦鬼使神差地停了下来。耳边又响起夏夏那高分贝的警告词——"绝对绝对不能进我的工作室,永远都不能进!"

紫悦打了个冷战,准备转身离开,可走了两步又倒了回来:"工作室里究竟有什么呢?搞得这么神秘,真是吊胃口……嗯……我站在门外看一眼,应该没关系吧?就看一眼,一眼就好。"

浓浓的好奇心像一只小手,把她往那扇门旁边推去。尽管走廊上空无一马,她还是一副做贼的样子,轻手轻脚地推开了门——工作室的一切映入眼帘。

哇哦!靠窗口的写字桌上放着一台超级酷炫、超级古老的打字机。咦,上面还有稿纸?窗台上的玻璃瓶里插了几枝白百合,房间里飘着淡淡的花香。墙上密密麻麻地挂了很多相框,相框里面是什么?紫悦把脖子伸得长长的也没能看清,

当她想再向房间里迈一步的时候，一道充满怒气的呼喝制止了她："紫悦！"

完蛋了！是夏夏！

夏夏一瘸一拐地逼近："我的规矩你都忘记了？要不是我忘了带钱包，我还看不见这一幕！好哇你，你怎么可以趁我不在的时候……"说到这儿，夏夏的眼里全是失望。

"对不起夫人，对不起！我其实没有进去，那个门是开着的，我只是……我就是……对……对不起！"被抓个现形的感觉糟糕极了！紫悦的心剧烈地跳动着，内疚、害怕、心虚一拥而上，简直要把她吞没。

"你给我滚！现在我不想和你说任何话！"夏夏恶狠狠地吼道。

天哪，紫悦感觉天空整个儿塌了下来，如果可以重新选择，她一定不会打开工作室的门，她一定不要那么好奇……那她现在肯定正快乐地看着那本《霾》，快乐地喝着蓝莓汁……。

皇家档案室的晚餐再次恢复了平静。两只小马各吃各的，谁也没有多说一句。

"我是不是应该道歉？我要怎么道歉，夏夏才不会生气呢？天哪，她一定恨死我了！是我打破了友谊规则，是我的好奇心作祟……都怪我……"此时的紫悦坐立难安、食不知味。

其实她不知道，夏夏的心里也无比煎熬——好不容易找到一个志同道合、无比谈得来的小马，却因为今天的这一场冲突，陷入了尴尬的局面，她憋了满腹话题，可是不能开口讨论，这感觉如鲠在喉，也很不好受呢。

可是，自从紫悦擅自闯进她房间的那一刻起，她们之间似乎有什么东西破裂开来了，再难修复。

最终，夏夏叹了口气，下了决心："收拾好你的东西，明早离开这里吧。"

7 谁是知更鸟？

第二天早上8点35分。夏夏起床，出了房门。

整个楼里似乎空荡荡的，非常安静。

紫悦是走了吗？

路过图书室，里面传来窸窸窣窣的声音。夏夏推门一看——只见整个图书室焕然一新，地面上散落的书统统不见了，地板锃锃发亮，书柜上的书全部按照字母顺序排列，整齐而又严谨，记录册上也写得满满当当，字迹工整。

夏夏不敢相信地揉了揉眼睛："天哪，这……"

而在这焕然一新的图书室中央，紫悦正忧伤地站在那里。

"紫悦，你……你自己把所有的书都整理完了？"

"是啊，我……我心情很糟，晚上睡不着，就想着……在离开之前做一些力所能及的事。"紫悦鼻子酸酸的，大颗大颗的泪珠顺着脸颊滑落，"再次说声抱歉，夫人，我只是……您的房间对于我来说就像一本充满悬念的书……我忍不住就想翻开……"

"你走吧，我有我的底线，你越过了我的底线，我只能对你说声抱歉……你回去告诉

宇宙公主，就说她随时可以找人替换我，我不在乎！"

紫悦低着头，轻轻地说："其实，宇宙公主并没有说要找人替换您，当初是我骗了您，就为了骗您为我开门……请您原谅。"

"哈……"夏夏愣了一下，突然大笑了起来，"哈哈，哈哈哈！原来是这样！哈哈哈……这招我也用过，当初为了得到我第一份助理编辑的工作，我也跟人家说'我是宇宙公主派来的'，哈哈哈哈！"

看着不知所措的紫悦，夏夏的眼神缓和了许多："紫悦，其实我就是'知更鸟'，这些天我一直在犹豫，想找个合适的机会告诉你。"

"我知道您就是知更鸟，几天前就知道了！"

"哦，你是怎么知道的？"这回换夏夏一头雾水。

"有一次在仓库，我发现了很多旧杂志，其中有一本是关于作家访谈的，我翻了一下，在诸多作家的照片中，我一眼就认出了您戴的眼镜！访谈里说，那副眼镜是宇宙公主为您特制的，独一无二。访谈里还说，知更鸟非常喜欢摇摆风格的音乐，就是那天您放的那种古典音乐，对吗？"

紫悦轻轻地走到夏夏身边，指着她身上的可爱标志继续说道："您的可爱标志也不会撒谎，虽然有些难以辨认，但我能看出来，那是书！"

听到这，夏夏咬了咬嘴唇，她有多久没看过自己的可爱标志了？

"还有，那台在您房间里古老的打字机……您依然在创作，对吗？所以才不准我进入。"紫悦的两只前蹄互相磨蹭着，悄悄地看了夏夏一眼说，"不过，您得给它上点油了，它工作起

来的时候实在太响太响了。"

夏夏抬起头，不解地问："既然你早就知道这个秘密，为什么没有说出来，也没有问我？"

"我想您隐姓埋名，一定有自己的原因，我应该替您保守秘密。"紫悦真诚地说。

夏夏沉默了。

她打开自己工作室的门，挥了挥手说："你进去看看吧！"

"什么？我没听错吧？您……您不把它当禁地啦？您之前这么在意……"

"无所谓了，我允许你进去看。"夏夏露出了轻松的笑容。

工作室不大，除了四周的书柜，就是窗前的写字桌了。百合在风中微微摇曳，散发出有魔力的清香。紫悦小心翼翼地走在木地板上，她正在看墙上的相框，里面镶的全都是各种奖项和荣誉证书。

"唉，我第一次写《空中漫步》的时候，比你大不了几岁。那本书的确很成功……太成功了。"夏夏看起来很痛苦很纠结，"你不明白，如果一开始就那么成功，那写下一本书的时候，压力就会无比大。我觉得我无法突破自己……若是失败了，我就会成为笑柄！"

"我明白，真的。当初因为有魔法潜质，我被宇宙公主收为学生，那时我每天压力也很大，我怕学不好，会被那些不服气的小马们嘲笑；我怕学不好，会丢宇宙公主的脸、令她失望……"

"那你后来是怎么处理压力的？"

"一开始我是很苦恼，不过后来我认识了很多朋友。"紫悦伸出两只小马蹄，划了一个

大大的圈，"每当我成功时，他们都为我庆祝，为我骄傲，我要是失败了，他们会来安慰我，逗我开心。当我遇到困难，他们总能在我身边为我排忧解难，鼓励我前进。一路上有朋友为伴，任何事都不足为惧。"

"可惜，我没有那样的朋友。"

"为什么没有？难道我不是吗！"

夏夏定定地看着紫悦，动了动嘴，很久都没有说出一句话。

⑧ 后来……

小马利亚的书店里，紫悦正满脸得意地翻看着一本书，书面上赫然写着"知更鸟/著"。

"听说了吗？这本新书比之前那本《空中漫步》更好看呢！"书店里的人纷纷挤在畅销书架旁。

"不愧是我最爱的知更鸟！"

"紫悦，紫悦——你有封信，一定是成绩单！"穗龙风风火火地赶到书店，在门口大喊大叫。

"快，快给我看看……哇哦，万岁！我考试通过了！"紫悦亲吻着成绩单，在马路上欢

呼雀跃。

一张字条从成绩单后滑了出来。

"咦，还有一封信？宇宙公主殿下写的？"

　　亲爱的紫悦，首先恭喜你获得如此好的成绩，相信你一定为之付出了很多努力。

　　还记得之前的课上，我曾让你写过一封有关"友情"主题的信，对吗？这次，我也要写一封给你。

　　其实我和知更鸟是老朋友了，但她的名气让她不堪重负，逐渐变得冷漠傲慢。她把自己封闭起来，不接受任何小马的拜访。作为朋友，我可以帮她的就是允许她以图书管理员的身份隐姓埋名，期望她有一天可以找回自己。

　　你是一只热情、善良、活泼的小马。在皇家档案室的那些天，是你让她重拾自信，让她能够重新开始写作。最重要的是……

　　谢谢你让我找回了朋友。

　　"哇！原来宇宙公主也是默默守护着自己的朋友！"紫悦捧着信笑了。

　　她闭上眼睛，仿佛看到宇宙公主和夏夏重新走到了一起。有名气又怎么样？失败又有什么好怕的呢？朋友嘛，不管你是出名还是卑微，都甘愿陪在你的身边。因为他们在意的不是你的附属光芒，而是你，那个最初的、最本真的你！

紫悦的"陪伴"友谊箴言

　　朋友和朋友之间，最最重视的，一定是对方的内在，是对方的心灵。所有的光环，所有的成功、身份，都只是华丽的外衣，我们又何必在意这层外衣呢？如果你重视她，请给她最长久的陪伴。如果你在意她，请接受她的陪伴。

一起来创造你的小马王国！

你喜欢故事中这些小马吗？喜欢博学聪明的紫悦？爽朗帅气的苹果嘉儿？时尚美丽的珍奇？温柔贴心的柔柔？可爱大方的云宝？还是神经兮兮的碧琪？又或者，是个性十足的众多配角？

请尽情释放你的喜爱，创作属于你的小马故事！

小马宝莉系列欢迎你的投稿！写作要求很简单：

1. 以小马宝莉中的角色为主角；

2. 不脱离原作角色性格，符合小马利亚的场景设定；

3. 最好是饱含想象力的幻想故事；

4. 写明自己的姓名、联系地址、邮编及电话。

请将作品投到：hysxinxiang@126.com

你的作品将有机会刊登在小马宝莉的相关图书上！

还等什么？加入小马宝莉的队伍，在小马利亚欢乐地飞翔吧！

图字 11-2016-320 号

图书在版编目（CIP）数据

穿越幻镜的思念/美国孩之宝著;伍美珍儿童文学工作室改编.—杭州:浙江少年儿童出版社,2016.11

（小马宝莉之友谊就是魔法）

ISBN 978-7-5342-9697-0

Ⅰ.①穿… Ⅱ.①美…②伍… Ⅲ.①儿童小说-中篇小说-小说集-美国-现代 Ⅳ.①I712.84

中国版本图书馆 CIP 数据核字(2016)第 252864 号

小马宝莉之友谊就是魔法

穿越幻镜的思念

CHUANYUE HUANJING DE SINIAN

[美]孩之宝/著

伍美珍儿童文学工作室/改编

责任编辑　徐洁

美术编辑　吴珩　柳红夏

责任校对　冯季庆

责任印制　吕鑫

浙江少年儿童出版社出版发行

　（杭州市天目山路 40 号）

杭州富春印务有限公司印刷

全国各地新华书店经销

开本 880mm×1300mm　1/32

印张 5.125　彩页 5

字数 54000　印数 1—30120

2016 年 11 月第 1 版

2016 年 11 月第 1 次印刷

ISBN 978-7-5342-9697-0

定价：19.80 元

（如有印装质量问题,影响阅读,请与承印厂联系调换）